Thomas Brezina • Kolumbus und die Killerkarpfen

DIE KNICKERBOCKER-BANDE

OMNIBUS

LILO

AXEL

POPPI

DOMINIK

DER AUTOR

Foto: Studio Zeggl

Thomas Brezina wurde 1963 in Wien geboren. Er lebt mit seinem Tempelhund Butzi in einem chinesischen Haus am Stadtrand von Wien oder in London. Er hat bereits mehr als 100 Kinder- und Jugendbücher geschrieben, die weltweit von Millionen Lesern verschlungen wurden. Sein Motto: »Lesen soll ein Abenteuer sein und Spaß machen.« Durch die Bücher von Thomas Brezina entdecken viele Kinder die Freude am Lesen. Großer Beliebtheit erfreuen sich auch seine Fernsehsendungen und Hörspiele. Die Knickerbocker-Bande ist erfolgreich verfilmt worden.

DIE SERIE

Die Knickerbocker-Bande besteht aus:
Axel (13, der Kleinste seiner Klasse aber eine Sport-Kanone)
Lilo (13, Ski-As, Bergsteigerin und Krimi-Fan; schert sich nicht, daß Zöpfe aus der Mode sind und ist das Superhirn der Bande)
Poppi (9, Tierfreundin und Besitzerin eines eigenen Mini-Zoos, der immer größer wird)
Dominik (10, Leseratte und Wissensspeicher, der außerdem bereits in Filmen und Musicals mitgespielt hat).
Die vier sind nicht nur gute Freunde, sondern auch Junior-Detektive, die viele Fälle in aller Welt gelöst haben. Ihr Motto: Vier Knickerbocker lassen niemals locker!

ÜBER DIESES BUCH

»Eine Seefahrt, die ist lustig!« denken die vier Freunde, als sie an Bord der »Kolumbus« gehen. Das alte Segelschiff soll von Europa nach Amerika segeln. Angeblich ist es eine Vergnügungsreise, doch bald entdecken die Junior-Detektive Killerkarpfen an Bord – und das wahre Reiseziel …

Thomas Brezina

Die Knickerbocker-Bande

Kolumbus und die Killerkarpfen

Abenteuer im Atlantik

Illustrationen Atelier Bauch-Kiesel

OMNIBUS

OMNIBUS

Der Taschenbuchverlag
für Kinder und Jugendliche
von C. Bertelsmann,
München

Band 20221

Die Knickerbocker-Bande
bei OMNIBUS

Band 1 OMNIBUS Nr. 20113
Die Nacht der Weißwurst-Vampire

Band 2 OMNIBUS Nr. 20123
Der Ruf des Grusel-Kuckucks

Band 3 OMNIBUS Nr. 20111
Ein Ufo namens Amadeus

Band 4 OMNIBUS Nr. 20124
Bodensee-Piraten auf der Spur

Band 5 OMNIBUS Nr. 20125
Treffpunkt Schauermühle

Band 6 OMNIBUS Nr. 20112
Die Tonne mit dem Totenkopf

Band 7 OMNIBUS Nr. 20209
Rätsel um das Schneemonster

Band 8 OMNIBUS Nr. 20110
Wenn die Turmuhr 13 schlägt

Band 9 OMNIBUS Nr. 20131
Das Zombie-Schwert des Sultans

Band 10 OMNIBUS Nr. 20132
SOS vom Geisterschiff

Band 11 OMNIBUS Nr. 20133
Lindwurmspuk vor Mitternacht

Band 12 OMNIBUS Nr. 20134
Wo ist der Millionenstorch?

Band 13 OMNIBUS Nr. 20221
Kolumbus und die Killerkarpfen

Band 14 OMNIBUS Nr. 20222
Jagd auf den Hafenhai

Umwelthinweis:
Dieses Buch wurde auf chlorfrei gebleichtem Papier gedruckt.

Genehmigte Taschenbuchausgabe
November 1995

Die Originalausgabe erschien im
Neuen Breitschopf Verlag,
Wien-Stuttgart.

Umschlagbild: Evelyn Schick,
unter Verwendung einer
Zeichnung des Ateliers Bauch-Kiesel
Umschlagkonzeption: Klaus Renner
Herstellung: Peter Papenbrok
Druck: Pressedruck Augsburg
ISBN 3-570-20221-6
Printed in Germany

10 9 8 7 6 5 4 3 2 1

Inhalt:

DIE KNICKERBOCKER-BANDE

NAME: AXEL KLINGMEIER
SPITZNAME: FRÜHER SCHRUMPF-KOPF, GNOMI, ZWERGI, STUMMEL, PFLAUME
ALTER: 13 JAHRE
STERNZEICHEN: STEINBOCK
HOBBYS: WECHSELN WÖCHENTLICH, HABEN ABER OFT MIT SPORT ZU TUN
LIEBLINGSSPEISE: ALLES
BESONDERE KENNZEICHEN: BIN DER KLEINSTE UNTER MEINEN MITSCHÜLERN UND DESHALB OFT VERSPOTTET WORDEN. HEUTE TRAUT SICH DAS KEINER MEHR, WEIL ICH TRAINIERT HABE UND DER BESTE SPORTLER DER SCHULE GEWORDEN BIN!

NAME: LIESELOTTE (LILO) SCHROLL
SPITZNAME: SUPERHIRN
ALTER: 13 JAHRE
STERNZEICHEN: KREBS
HOBBYS: SKIFAHREN UND BERGSTEIGEN
LIEBLINGSSPEISE: CHINESISCHES ESSEN (ICH KANN SOGAR MIT STÄBCHEN ESSEN)
BESONDERE KENNZEICHEN: HABE ZWEI BLONDE ZÖPFE, AUF DIE ICH BESONDERS STOLZ BIN. VERSCHLINGE JEDEN KRIMI, DER MIR IN DIE HÄNDE FÄLLT, UND SCHAUE MIR TRICKS VON PROFIS AB.

NAME: PAULA MONOWITSCH
SPITZNAME: POPPI (PAULA FINDE ICH EINEN HORRORNAMEN)
ALTER: 9
STERNZEICHEN: FISCH
HOBBYS: MEINE TIERE
LIEBLINGSSPEISE: FRUCHTSALAT UND MELONEN, ABER KEIN FLEISCH
BESONDERE KENNZEICHEN: ICH BESITZE EINEN MINIZOO MIT ZWEI HUNDEN, EINEM PAPAGEI, DREI KATZEN, KANINCHEN, GOLDFISCHEN, RATTEN UND EINEM WEIHNACHTSKARPFEN, DEN ICH VOR DER PFANNE GERETTET HABE. UND ES KOMMEN OFT TIERE DAZU.

NAME: Dominik Kascha
SPITZNAME: Hamlets Vater
ALTER: 10 Jahre
STERNZEICHEN: Waage
HOBBYS: Lesen. Ich merke mir fast alles, was ich einmal gelesen habe. Für die Bande sehr nützlich.
LIEBLINGSSPEISE: Spaghetti
BESONDERE KENNZEICHEN: Meine Eltern sind Schauspieler, und auch ich stehe bereits auf der Bühne und vor der Filmkamera. Allerdings spreche ich zuweilen sehr kompliziert, was die anderen oft auf die Palme bringt.

DER NAME KNICKERBOCKER-BANDE...

. . . entstand in Österreich. Axel, Lilo, Poppi und Dominik waren die Sieger eines Zeichenwettbewerbs. Eine Lederhosenfirma hatte Kinder aufgefordert, ausgeflippte und knallbunte Lederhosen zu entwerfen. Zum großen Schreck der Kinder wurden ihre Entwürfe aber verwirklicht, und bei der Preisverleihung mußten die vier ihre Lederhosen vorführen.

Dem Firmenmanager, der sich das ausgedacht hatte, spielten sie zum Ausgleich einen pfiffigen Streich. Als er bemerkte, daß er auf sie hereingefallen war, rief er den vier Kindern vor lauter Wut nach: „Ihr verflixte Knickerbocker-Bande!“

Axel, Lilo, Dominik und Poppi gefiel dieser Name so gut, daß sie sich ab sofort die Knickerbocker-Bande nannten.

KNICKERBOCKER-MOTTO 1...

Vier Knickerbocker lassen niemals locker!

KNICKERBOCKER-MOTTO 2...

Überall, wo wir nicht sollen,
stecken wir die Schnüffelknollen,
sprich die Nasen, tief hinein,
es könnte eine Spur ja sein.

Die Seemannsgruft

Mit gleichmäßigen Flossenschlägen glitten die vier Mitglieder der Knickerbocker-Bande durch das Meer. Das Wasser war quellklar und kühl, aber nicht kalt. Außerdem trugen Lilo, Axel, Poppi und Dominik kurzärmelige Taucheranzüge, die bis zu den Knien reichten und Bauch und Rükken warmhielten.

„Ich glaube, mein Goldfisch humpelt", dachte Axel, als er über ein helles Korallenriff tauchte und dahinter etwas erspähte. Es war eine! Es war zweifellos eine!

Der Junge drehte sich nach hinten und suchte nach seinen Freunden. Aufgeregt deutete er den anderen näherzukommen. Stolz präsentierte er seinen Fund, der den anderen - trotz Sauerstoff-Flaschen - fast den Atem verschlug. In ihren kühnsten Träumen hatten sie damit nicht gerechnet.

Die Knickerbocker-Bande starrte auf eine hölzerne Truhe mit schweren Metallbeschlägen, die schon viele Jahre, vielleicht sogar Jahrhunderte, unter Wasser liegen mußte. Davon zeugten Muscheln und andere Meerestiere, die sich darauf angesiedelt hatten.

Die vier Freunde hatten eigentlich nur vorgehabt, die Unterwasserwelt der Bahamas zu erkunden. Oft hatte ihnen ein guter Freund von den Gold- und Silberschätzen erzählt, die hier auf dem

Meeresgrund lagen, doch nie hatten sie daran gedacht, selbst einen zu finden.

Axel war der erste, der näher an die Truhe heranschwamm und sie von allen Seiten begutachtete. Mit den Händen schaufelte er den Sand weg, der sich rund um sie angehäuft hatte, und wirbelte dabei dicke, trübe Wolken auf. Lieselotte glitt durch das Wasser zu ihm und packte seinen Arm. „Laß das bleiben, sonst sehen wir nichts!" deutete sie ihm. Sorgfältig untersuchte sie nun den Holzdeckel, der aus dem Meeresboden ragte, und tastete über die verwitterten Metallbänder.

Aufgeregt tauchte Poppi neben ihr auf und zeigte auf die Eisenlaschen, durch die früher einmal die Schlösser gesteckt worden waren. Doch nun waren sie leer. Das bedeutete, die Truhe war unverschlossen. Was würden die Knickerbocker-Freunde in ihr finden? Goldmünzen? Silberschmuck? Juwelen? Hatte sie sich früher auf einem der spanischen Erobererschiffe befunden, deren Mannschaft die Ureinwohner Amerikas ausgeplündert und blutig niedergemetzelt hatte? Oder war es eine Truhe von einem Piratenschiff, deren Besatzung in früheren Zeiten in diesen Gewässern ihr Unwesen getrieben hatte.

Axel und Lilo versuchten, mit den Fingern Halt an dem glitschigen Holzdeckel zu finden und nickten einander zu. Mit vereinten Kräften stemmten sie ihn nun in die Höhe.

Es war wie ein Wunder! Der Deckel ließ sich heben. Zentimeter für Zentimeter konnten ihn das Mädchen und der Junge aufdrücken. Neugierig versuchten Poppi und Dominik durch den immer größer werdenden Spalt zu spähen.

Da geschah es! Ein greller Blitz schoß aus der Truhe. Explosionsartig wurde der Deckel in die Höhe geschleudert. Die Druckwelle warf Axel und Lilo zur Seite und erfaßte auch Poppi und Dominik. Für Bruchteile von Sekunden spürten die vier einen grauenhaften Schmerz in den Ohren, und es war ihnen, als hätte jemand ein tonnenschweres Gewicht auf ihre Brust gestellt. Sie empfanden weder Angst noch Schock, vielmehr eine unglaubliche Überraschung. Mit weit aufgerissenen Augen verfolgten sie, was nun geschah.

Riesige, fußballgroße Luftblasen quollen aus der Holzkiste. Helle, gelbe, rote und grüne Feuer tanzten und flackerten in ihnen. Das Licht, das sie ausschickten, war so grell, daß es die Junior-Detektive blendete und sie schützend die Hände vor die Taucherbrillen legten.

Vorsichtig blinzelte Axel durch die Finger. Bisher hatte er alles für ein Wunder gehalten. Nun zuckte ihm der Schreck durch alle Glieder. Eiskalte Furcht machte sich in ihm breit, als schwarze Wesen ohne Körper aus der Truhe schossen und sich zur Wasseroberfläche hinaufschlängelten. Bei genauerem Hinsehen erkannte der Junge, daß es sich um Skelette handelte, die in schwarze Schleier gehüllt waren. Immer wieder flatterte ein Teil des dünnen, fetzigen Stoffes zur Seite und enthüllte grinsende Totenschädel und weiße Knochen. „Sind das die Seelen oder Geister von Piraten, die jahrhundertelang in der Kiste gefangen

gewesen waren? Oder handelt es sich bei der Kiste um eine Seemannsgruft?“ Diese und ähnliche Gedanken jagten durch Axels Kopf. Immer wieder mußte er an das Matrosenlied denken, in dem von „17 Mann auf des toten Mannes Kiste“ gesungen wurde.

Ein dumpfer Knall ertönte, und die Truhe löste sich in einen glühenden Ball auf, der unter heftigem Sprudeln und Blubbern nach oben schoß. Eine neuerliche Druckwelle brachte die tauchenden Knickerbocker-Freunde aus dem Gleichgewicht und wirbelte sie herum, sodaß sie die Orientierung verloren.

Als Axel endlich wieder spürte, wo oben und wo unten war, blickte er sich hastig nach seinen Kumpels um. Wo waren sie geblieben? Hatte sich jemand verletzt?

Nur wenige Meter entfernt entdeckte er Poppi, die verzweifelt mit den Armen ruderte. Der Junge erkannte schnell den Grund. Poppi war mit dem Fuß zwischen die scharfen Kanten von Korallenstämmen geraten und schaffte es nicht, sich zu befreien. Bei jeder Bewegung schnitten sich die harten Korallen tiefer in ihr Bein ein, von dem bereits eine dünne Blutfahne aufstieg.

Lilo und Axel kamen fast gleichzeitig dem Mädchen zu Hilfe. Aber wo war Dominik geblieben?

Der tote Seemann

Lieselotte packte Poppi an der Hand und zerrte sie hinter sich durch das Wasser. Suchend schaute sie nach allen Seiten. Doch Dominik war nirgendwo zu sehen.

Poppi deutete immer wieder mit dem Daumen nach oben und signalisierte Lilo, daß sie augenblicklich hinauf mußte. Das Superhirn der Bande - wie Lieselotte oft genannt wurde - hoffte, Axel würde sich um Dominik kümmern, und schwamm mit kräftigen Flossenschlägen zur Wasseroberfläche.

Je näher das Glitzern der Sonnc auf den Wellen heranrückte, desto unbehaglicher fühlte sich das Mädchen. Lieselotte bekam Angst. Sie spürte eine unbekannte Gefahr über sich, konnte aber nicht herausfinden, warum und wieso. Dann fiel es ihr ein: „Diese ... diese Gruselgestalten ... Wo sind sie hin? Ob sie oben auf uns warten?“ Das Mädchen versuchte, diesen Gedanken schleunigst zu verdrängen, und hämmerte sich ins Hirn die Worte ein: „Geister und Gespenster gibt es nicht. Alles ist logisch zu erklären!“

Doch die Angst blieb. Sie wurde sogar noch größer, als ein dunkler Schatten im gleißenden Sonnenlicht auftauchte. Er schaukelte auf den Wellen und hatte die Form eines Ertrunkenen, der mit dem Gesicht nach unten und mit ausgestreckten Gliedern auf dem Wasser trieb.

Lieselotte spürte, wie ihr die Furcht die Kehle

zuschnürte. Wohin? Wohin sollte sie? Das rettende Schiff war irgendwo, aber von ‚unter Wasser' im Augenblick nicht zu entdecken. Poppi war so außer sich, daß sie nichts mehr wahrnahm. Sie wollte nur noch nach oben.

Schließlich beschloß Lieselotte, einen großen Bogen um den Toten zu machen und in einiger Entfernung von ihm aufzutauchen. Wie einen gefangenen Fisch schleppte sie die strampelnde Poppi hinter sich her.

Prustend steckten die beiden Knickerbocker-Freundinnen ihre Köpfe aus dem Wasser und spuckten die Mundstücke der Atemgeräte aus. Sie rissen die Taucherbrillen vom Kopf und schnappten gierig nach frischer Seeluft.

„Was ... was war das?" japste Poppi. „Wie gibt es so etwas? Ich ... ich habe irre Angst gehabt. Das war wie in einem Horrorfilm! Mein Bein ... mein Bein tut weh. Ich blute. Lieselotte, das Blut könnte Haie anlocken."

„Jaja", murmelte das Superhirn nur und reckte den Hals. Es versuchte, einen Blick auf die Leiche im Meer zu erhaschen.

In diesem Augenblick schoß Axel aus dem Wasser, genau neben dem Toten. „Vorsicht!" schrie ihm Lieselotte zu. Der Junge schien nichts zu bemerken. Er winkte den Mädchen zu und rief: „Dominik kommt schon!" Er hatte den Satz noch nicht vollendet, als Dominiks Kopf schon zwischen den Wellen auftauchte. Das Gesicht des Jungen war knallrot, und er spuckte, als hätte er Gift im Mund.

„Wo sind die ... die toten Seeleute, die in der Kiste waren?“ stammelte Axel, der am ganzen Körper zitterte. „Neben dir!“ gröhlte Lilo außer sich. Der Junge drehte sich und stieß einen langen Schrei aus. Danach herrschte Stille.

„Was ... was ist los?“ piepste Poppi. Lilo spürte einen kalten Körper neben sich und strampelte erschrocken mit den Beinen. War das ein Hai?

Nein, es war Axel, der einfach untergetaucht und unter den Wellen zu ihr geschwommen war. „Dominik, schnell, komm her!“ schrie Lieselotte. „Das ist nichts Schlimmes, ... nur ein großes Stück Holz ... total schwarz ..., ich glaube verkohlt!“ stotterte der Junge. „Wahrscheinlich der Rest der Truhe“, murmelte Lilo erleichtert. „Aber wo sind diese schwarzen Gestalten geblieben?“

„Mich interessiert jetzt etwas anderes mehr“, keuchte Axel. „Wo ist die Santa Maria II geblieben?“ Bei der Santa Maria II handelte es sich um ein riesiges, dreimastiges Segelschiff, das der Santa Maria nachempfunden war, mit der Christoph Kolumbus vor 500 Jahren bis nach Amerika gereist war. Allerdings war die Santa Maria II von heute dreimal so groß und hypermodern eingerichtet. Doch wo befand sie sich? Hatten die anderen Passagiere an Bord etwas von dem Spuk mitbekommen?

Poppi drehte sich im Wasser um die eigene Achse und atmete erleichtert auf, als sie das Schiff ins Blickfeld bekam.

„Du, Lilo“, keuchte sie, „da ist die Santa Maria!“ und schwamm sofort darauf zu. Die anderen folgten ihr so schnell sie konnten. Keuchend kletterte Lilo an der kleinen Metalleiter hinauf, die an der Außenbordwand befestigt war. Danach half sie den anderen aus dem Wasser.

Die Knickerbocker streiften die Flossen und die Preßluftflaschen ab und schälten sich aus den Taucheranzügen.

„Ich wäre um ein Haar durch den Mangel an Sauerstoffzufuhr erstickt!“ meldete Dominik in seiner komplizierten Sprechweise. „Er meint, er hat das Mundstück der Sauerstoff-Flasche vor Schreck ausgespuckt und in seiner Panik nicht wiedergefunden. Dabei hätte er nur nach dem Schlauch tasten müssen“, erklärte Axel. Normalerweise hätten die anderen nun schallend gelacht. An diesem Tag war aber keinem danach.

„Was war das?“ fragte Lilo die anderen. „Wie ist so etwas möglich?“ Dominik war der einzige, der eine Antwort wußte: „Entweder lag ein Fluch auf der Schatztruhe ...“ Als er für diese Bemerkung von Axel und Lilo nur spöttische Blicke erntete, setzte er fort: „... oder jemand hat diese Kiste präpariert, um Schatzsucher von einem viel größeren Schatz fernzuhalten, der darunter liegt.“

Doch Lilo schien plötzlich völlig abwesend. Sie drehte den Kopf nach allen Seiten und murmelte etwas von: „Das ... ist nicht möglich!“

„Was ist nicht möglich?“ wollte Dominik wissen. „Wir sind allein an Bord. Es ist keiner hier. Aber wo sind alle hinverschwunden? Ich meine, 25 Leute können sich doch nicht in Luft auflösen!“

Nun packte die vier der nackte Horror! „He! Soll das ein Witz sein? Hallo? Wo stecken alle?“ brüllte Lieselotte aus Leibeskräften. Nichts! Absolut nichts rührte sich. Für Sekunden war nur das Keuchen der anderen Knickerbocker und das Knarren und Ächzen der Taue und Maste zu hören.

Lieselotte, Axel, Poppi und Dominik sprangen fast gleichzeitig auf. An Deck konnte sich niemand versteckt haben, das war mit einem Blick klar. Also mußten die anderen Passagiere und der Kapitän unter Deck sein. Die vier stürzten zu den beiden Luken, die in den Holzboden eingelassen waren, rissen sie auf und kletterten die steilen Treppen nach unten. Zu Kolumbus' Zeiten hatte sich im Schiffsbauch nur ein sehr niedriger, muffiger Raum befunden, in dem die Matrosen mehr schlecht als recht auf den harten Brettern schlafen konnten. Die Santa Maria II hatte da schon mehr zu bieten. Da sich nur sehr wohlhabende Leute eine Reise auf diesem Schiff leisten konnten, waren der lange Gang und die Kajüten beste Zimmermannsarbeit, luxuriös und gemütlich.

Stille! Auch unter Deck der Santa Maria II war nur das Knarren der Schiffsplanken zu hören. Angst und Entsetzen packte die Knickerbocker-Bande. Die vier Freunde trommelten mit den Fäusten gegen die Türen der Kabinen, und als niemand antwortete, steckten sie die Köpfe hinein.

„Leer! Alle Kajüten sind leer!“ meldete Axel vom Ende des langen Ganges. „Auch die Kombüse ist leer. Ich meine, der Schiffskoch ist fort.“

Dominik und Poppi hatten ebenfalls keinen Erfolg bei der Suche gehabt: „Der Kapitän ist weg! Die Matrosen auch!“ Lieselotte wollte das noch nicht wahrhaben: „Sucht weiter. Vielleicht haben sie sich wo versteckt!“ ordnete sie an. „Versteckt!“ höhnte Axel. „Erwachsene Menschen verstecken sich nicht! Außerdem gibt es keinen Platz an Bord, wo alle untertauchen könnten.“

„Aber Christoph? Wo ist Christoph?“ wollte Poppi wissen. Christoph hatten die Knickerbocker erst vor neun Tagen kennengelernt. Er war nicht nur Tierschützer, sondern bereits ein guter Freund der Bande. Auch von ihm fehlte jede Spur.

Eine Viertelstunde später hockten die vier Knickerbocker wieder an Deck und starrten einander mit entsetzten Gesichtern an. Es gab nun keinen Zweifel: Die gesamte Besatzung des Schiffes Santa Maria II und alle Passagiere waren spurlos verschwunden. Axel, Lilo, Poppi und Dominik waren völlig allein, mitten auf dem Meer. Die nächste Insel war mehrere Tagesreisen entfernt, und das Schiff besaß keinen Motor, sondern nur die Segel. Doch mit denen konnten die Knickerbocker nicht umgehen.

„Das Beiboot, ... sie sind mit dem Beiboot fort!“ rief Poppi plötzlich hoffnungsvoll. „Erstens passen zwanzig Leute nicht in ein kleines Motorboot“, knurrte Axel, „und zweitens lehnst du daran. Es ist an Bord.“

„Und wenn sie auch tauchen gegangen sind?" meinte Dominik zaghaft. Lilo lachte spöttisch. „Es gibt nur vier Taucherausrüstungen an Bord, und die hatten wir."

Für kurze Zeit schwiegen die vier, dann meldete sich Dominik zu Wort. „Das letzte Mal haben wir unseren Fuß auf festes Land gesetzt, als wir vor der Insel Inagua ankerten." Gern erinnerten sich die Knickerbocker an diesen Ausflug, der erst einen Tag zurücklag. Die Insel, die zu den Bahamas gehörte, war nur dünn besiedelt. Dafür lebten rund 30.000 rosarote Flamingos auf ihr. Auf dem Bauch waren die vier Freunde an sie herangerobbt, denn Flamingos nehmen nichts wahr, was sich unter ihrem Kopf befindet. Auf diese Art konnten sie nahe an die Tiere herankommen und sie aus nächster Nähe beobachten.

„Ja und? Was soll das heißen? Was meinst du damit, Dominik?" schnauzte Lieselotte ihren Kumpel an. Der Schreck unter Wasser und der zweite Schock nun auf dem Schiff hatten die Junior-Detektive sehr reizbar gemacht. Die Ungewißheit zerrte an ihren Nerven. „Habt ihr schon einmal vom Bermuda-Dreieck gehört?" Axel schaute auf und nickte. „Klar, dort verschwinden immer wieder Schiffe und Flugzeuge, und niemand kann erklären, wohin!"

„So ist es! Auf jeden Fall befinden wir uns im Gebiet des Bermuda-Dreiecks, das steht fest." Diese Mitteilung löste bei den Knickerbockern ziemliche Betroffenheit aus. Das Bermuda-Dreieck hatten sie bisher nur aus Büchern gekannt. Nun waren sie von den mysteriösen Vorgängen in diesem Gebiet selbst betroffen. „Ich habe Berichte gelesen, daß schon einige Male leere Schiffe im Bermuda-Dreieck gefunden worden sind“, erzählte Dominik weiter. „Ohne Besatzung und Passagiere sind sie auf dem Meer getrieben. An Bord waren keine Spuren eines Kampfes zu entdecken.“

„Und wer hat sie verschwinden lassen? Ist das in diesem schlauen Bericht auch gestanden?“ wollte Lieselotte wissen. Dominik überlegte kurz und meinte schließlich: „Es gibt nur Vermutungen. Manchmal wird von UFOs gesprochen, die die Leute gekidnappt haben. Andere reden von geheimnisvollen Kräften aus dem Wasser, sogar von Meeresungeheuern ist erzählt worden.“

„Also an einigen Leuten, die hier an Bord waren, hat sich das Ungeheuer bestimmt die Zähne ausgebissen!“ meinte Axel trocken. „Wie kannst du jetzt so blöde Witze machen!“ schrie ihn Poppi an. „Wir sind völlig allein. Auf der Santa Maria II gibt es kein Funkgerät, und wir können nicht einmal Hilfe rufen. Ich habe keine Ahnung, wie viele Vorräte noch an Bord sind, und wenn uns niemand findet, dann verhungern wir. Kapierst du, du Trottel?“ Poppi hämmerte mit beiden Fäusten auf Axel ein, der Mühe hatte, sie zu bremsen. Lilo packte das Mädchen schließlich an den Schultern und zerrte es weg.

„Aus jetzt“, kommandierte sie. „In den vergangenen zwei Stunden haben wir Unglaubliches erlebt. Eine Schatzkiste, aus der Geister aufsteigen, und ... und etwas, das ich nicht benennen kann. Vielleicht wirklich eine neue Auswirkung des Bermuda-Dreiecks. Wir sind allein an Bord. Darum müssen wir zusammenhalten und alles unter Kontrolle kriegen. Am besten, wir fangen damit an, und ... und ... dann sehen wir weiter. Poppi, du läßt dir zuerst einmal deine Wunde verbinden. Ich weiß, wo sich der Erste Hilfe-Kasten befindet. Dominik, du kontrollierst, wieviel Essen, und vor allem, wieviel Wasser noch an Bord ist. Axel, du durchstöberst das Schiff, ob nicht doch ein funktionierendes Funkgerät zu finden ist. Danach durchsuchen wir gemeinsam alle Kajüten. Vielleicht finden wir etwas, das uns Hinweise liefert oder weiterhilft!"

Bevor sie sich unter Deck begab, blickte Lieselotte eine Minute lang hinaus auf die See. Rund um die Santa Maria II war nichts als Meer zu sehen. Blaues, klares Meer, das sich an der Oberfläche leicht kräuselte und in dem sich die Sonne spiegelte. Es herrschte Windstille, und das Schiff wurde nur von der Meeresströmung vorangetrieben. Aber wohin?

Doch wieso befand sich die Knickerbocker-Bande überhaupt an Bord des ungewöhnlichen Schiffes? Angefangen hat dieses Abenteuer bereits sechzehn Tage vorher auf einer Inselgruppe westlich von Europa. Eigentlich sollten es erholsame, ruhige Sommerferien werden, und die vier Junior-Detektive hatten sich sogar ein wenig vor gähnender Langeweile gefürchtet. Doch da hatten sie sich gründlich getäuscht.

Ein teuflischer Plan

Angefangen hatte alles mit einer Idee. Dr. Monowitsch, Poppis Vater, mußte dringend ein wissenschaftliches Buch fertigschreiben. Zu Hause wurde er dabei aber ständig gestört. Deshalb beschloß er, mit seiner Familie auf die Azoren zu fliegen. Diese Inselgruppe liegt westlich von Europa, ungefähr auf der Höhe von Spanien, im Atlantik. Damit Poppi sich nicht langweilte, durfte sie den Rest der Knickerbocker-Bande einladen mitzukommen.

Die Azoren waren ungewöhnliche und wunderschöne Inseln. Die Hügel bedeckte saftiges Grün, und die Klippen bestanden aus schroffen, schwarzen Felsen. Sogar der Sand am Strand war schwarz. Obwohl es immer wieder regnete, war das Wetter angenehm.

Poppis Eltern verbrachten den ganzen Tag auf der Hotelterrasse, wo Frau Monowitsch in einen kleinen, tragbaren Computer eintippte, was ihr Mann ihr diktierte. Die Knickerbocker-Bande erforschte in der Zwischenzeit die Insel San Miguel, auf der sie sich befanden.

Am Abend trafen sich dann alle zum Essen im Hotel. Doch an diesem Tag waren sie in ein kleines Fischlokal im Hafen gegangen. Plötzlich verspürte Dominik den Drang, auf die Toilette zu gehen. Dazu mußte er in den dunklen Hof hinaus, wo sich das ‚Stille Örtchen‘ befand. Unterwegs dorthin hörte er dann plötzlich eine Stimme, die der Beginn eines unfaßbaren Abenteuers der Knickerbocker-Bande werden sollte.

„Leute, die so etwas vorhaben, gehören umgebracht!“ rief ein Mann. Wer auch immer das gesagt hatte, er mußte sich hinter den alten, verwitterten hölzernen Fensterläden befinden, vor denen der Knickerbocker stand. Dominik überlegte blitzartig, was er nun machen sollte. Er entschied sich dafür stehenzubleiben und weiter zuzuhören.

„Karl, du bist ein Idiot“, meinte eine zweite Stimme. „Wozu umbringen? Auspressen ist bedeutend besser.“ Karl schien nicht zu verstehen. „Was . . . was willst du damit sagen?“ erkundigte er sich. „Überhaupt verstehe ich noch immer nicht, was du da heute entdeckt hast, Jochen.“

Im Kopf von Dominik ratterte es wie in einer alten Registrierkasse. Er hatte mit seinen Freunden schon viele, spannende Abenteuer erlebt und dabei rätselhafte Kriminalfälle gelöst. Dominik kombinierte auch schon ein wenig: Bei den beiden Männern schien es sich um Urlauber aus Deutschland zu handeln. Ihre Muttersprache war zweifellos Deutsch, und ihr Akzent klang nach Berlin.

Dominik befand sich im Hinterhof einer kleinen Fischerkneipe, neben der eine einfache Pension lag. Er schien also am Fenster eines der Zimmer zu lauschen. Für weitere Überlegungen blieb keine Zeit, denn Jochen begann mit seinem Bericht. „Am Westende der Insel soll sich früher ein Vulkan befunden haben. Vor einigen hundert

Jahren ist er ausgebrochen und dann in sich zusammengestürzt. Dabei hat er angeblich fünf Städte in den Abgrund gerissen. Heute ist an dieser Stelle ein tiefer, runder Krater zu sehen, in dem jede Menge Pflanzen wuchern. Am Grund des Kraters liegen ein grüner und ein blauer See! Ich bin heute in diesem Krater herumgeklettert ... nur so zum Spaß. Dabei bin ich darauf gestoßen."

Karl schnaubte wütend wie ein Stier, kurz bevor er angriff. „Worauf bist du gestoßen?"

„Auf eine dicke Metalltür im Gestein. Ich habe mein Ohr dagegengepreßt und Schritte gehört. Nun wollte ich sehen, wer da rauskommt, aber selbst nicht gesehen werden. Deshalb bin ich hinter einem Busch in Deckung gegangen."

Karl wurde ungeduldig. „Ja und? Wer ist rausgekommen?" Jochens Antwort klang enttäuschend. „Keine Ahnung, habe ich nicht gesehen. Aber ... als der Kerl weg war, konnte ich die Tür öffnen. Ich habe hineingeschaut und bin fast aus den Pantoffeln gekippt. Im Berg war eine Art Steuerzentrale. Ein wenig hat sie ausgesehen wie ein Flugzeug-Cockpit. Ich kenne mich mit so was aus. Deshalb bin ich hineingegangen. Karl, eines sage ich dir: Ich will Schlappschwanz heißen, wenn das nicht eine versteckte Raketenbasis ist."

„Aber das ist Wahnsinn! Raketen sind Waffen, die tausende Menschen vernichten können!" rief Karl aufgebracht. Jochen schien das weniger zu rühren. „Tu nicht so heilig", meinte er. „Wir zwei sind hier, um einen Rauschgift-Umschlagplatz einzurichten. Allerdings halte ich die andere Sache für viel interessanter und außerdem gewinnbringender."

„Vielleicht gehört diese Raketenbasis zu einem Land, das seine Waffen hier stationiert hat", sagte Karl. Jochen verneinte. „Niemals, da hat jemand ganz privat ein schweinisches Ding vor. Später ist der Typ nämlich wieder zurückgekommen. Das einzige, was ich von meinem Versteck aus hinter dem Busch sehen konnte, war, daß es sich um einen Kerl gehandelt hat. Als er drinnen war, habe ich wieder mein Öhrchen an der Tür plattgepreßt. Der Typ hat gequatscht. Auf englisch. Er hat per Funk jemanden gerufen, den er zuerst ‚Kolumbus' und dann Boss genannt hat. Verstanden habe ich auch etwas von: ‚... jederzeit abschußbereit. Sprengköpfe überprüft. Ladung in tadellosem Zustand und O. K.! Noch 20 Tage bis zum Countdown.' Dann hat er irgend etwas gefragt wie: ‚Wird die Wirkung sofort eintreten?' Die Antwort kann ich nur erraten. Der Kerl hinter der Tür hat was wiederholt. Aha, erst nach drei Monaten. Aber das ist alles Nebensache. Paß auf, Karl, gleich morgen werden wir versuchen, mehr über das Ding rauszufinden, das da läuft. Und dann kriegt Kolumbus einen kleinen Brief von uns. Verlaß dich drauf, das Geld wird fließen."

Im Zimmer polterte ein Stuhl. Dominik wußte, daß es höchste Zeit war zu verschwinden. Er hechtete mit einem großen Sprung in Richtung Toilette und stieß dabei unglücklicherweise mit einer Blechtonne zusammen, die er in der Dunkelheit übersehen hatte. Donnernd krachte sie zu Boden.

Wie ein Wiesel schlüpfte der Knickerbocker in das ‚Stille Örtchen' und zog die Tür zu. Er hatte knallrote, heiße Ohren beim Zuhören bekommen, und sein Herz klopfte bis zum Hals. Das war alles Wahnsinn. Auf den Azoren spielte offenbar jemand Krieg. Er mußte sofort seinen Kumpels davon berichten.

Zwei Augenpaare waren in diesen Sekunden auf die Klotüre gerichtet. Dominik wurde beobachtet. Hilfe oder Unterstützung konnte er sich von diesen Beobachtern auf jeden Fall keine erwarten. Ganz im Gegenteil ...

Es dauerte mehrere Minuten, bis sich Dominik wieder aus der Toilette wagte. Vorsichtig öffnete er die Tür und spähte in den Hof. Stille, es herrschte absolute Stille. Zu sehen war auch niemand. Der Junge holte tief Luft und rannte los.

Doch weit kam er nicht. Vier Hände packten ihn von hinten und hielten ihn mit eisernem Griff fest.

Dominik erschrak so sehr, daß er zu keiner Bewegung mehr fähig war. Der Schock hatte ihn gelähmt. Karl und Jochen waren daraufgekommen, daß er sie belauscht hatte, und nun befand er sich in ihrer Gewalt. Der Junge streckte die Arme in die Höhe und wimmerte: „Ich ... ich verrate nichts. Kein Wort. Ich schwöre es!"

„Spinnst du?" sagte da eine sehr bekannte Stimme hinter ihm. Nun kam wieder Leben in die

Arme und Beine von Dominik. Er wirbelte herum und starrte halb wütend, halb erfreut in die grinsenden Gesichter seiner Knickerbocker-Kumpel Axel und Lieselotte. „Wir dachten, du wärst bereits ins Klo gefallen", meinte Axel kichernd. „Wo hast du so lange gesteckt? Geht es dir nicht gut?" erkundigte sich Lilo. Stumm schüttelte Dominik den Kopf. Er mußte den anderen so schnell wie möglich von seinen Beobachtungen berichten, aber unter keinen Umständen hier.

Wortlos hastete der Junge zum Hintereingang des kleinen Fisch-Restaurants.

Kopfschüttelnd folgten ihm seine Kumpels Axel und Lilo. Bevor sie zu ihrem Tisch zurückkehrten, zischte ihnen Dominik zu: „Hier stinkt's, alles Weitere später!" Mit dieser Information wußten die anderen allerdings wenig anzufangen.

An einem großen, eckigen Tisch saßen Poppis Eltern, Herr und Frau Dr. Monowitsch, Poppi und ein älterer Herr, an dem sofort sein schulterlanges, gelblich-weißes Haar auffiel. Er trug weiße Hosen und einen blau-weiß gestreiften Pullover und wirkte auf den ersten Blick wie ein Matrose. Dominik, Lilo und Axel setzten sich zu den anderen und versuchten fröhlich und unbekümmert zu wirken. „Ist etwas?" fragte in diesem Augenblick Frau Monowitsch. Sie gehörte zur Müttersorte ‚Superängstlich und dauernd besorgt', und aus diesem Grund schüttelten alle drei nur grinsend die Köpfe.

Am Tag ihrer Ankunft – vor einer Woche – hatte Poppis Vater den weißhaarigen Mann im Hafen getroffen. Er stellte ihn seiner Familie und den Knickerbocker-Freunden als guten Bekannten vor, den er von der Universität kannte. Dr. Markus Kraner war sein Name. Herr Monowitsch freute sich über das überraschende Wiedersehen, doch zu einem langen, gemütlichen Gespräch war es erst an diesem Abend gekommen.

„Ich verstehe noch immer nicht ganz, was du in dieser Gegend tust, Heinz?" fragte Dr. Monowitsch den alten Kollegen. Lilo beobachtete alle Menschen rund um sich sehr scharf. Deshalb entging ihr auch nicht, daß dem Doktor die Frage unangenehm zu sein schien. Er wand sich ein wenig und zögerte mit der Antwort. „Ich ... ich ... lebe auf einer gemütlichen Yacht und ..." Der Mann mit dem langen, weißen Haar stockte. „Na gut, du kannst es ruhig wissen. Ich liege auf der faulen Haut." Diese Auskunft schien Dr. Monowitsch zu überraschen. „Aber du warst doch früher immer ein begeisterter Physiker und Chemiker. Ein absoluter Top-Experte!" Der Wissenschaftler nickte. „Jaja, stimmt alles, aber ich hatte diesen Beruf gründlich satt. Heute beschäftige ich mich ausschließlich mit Delphinen. Rund um die Azoren gibt es viele davon. Aber auch Pottwale leben hier. Ich beobachte sie, und ab und zu schreibe ich Artikel für verschiedene Zeitungen und knipse ein paar Fotos."

Dominik verfolgte das Gespräch nicht. In seinem Kopf rasten die Gedanken. Völlig versunken in seine Grübeleien, starrte er durch das Fenster hinaus auf die Straße. Zwei Männer gingen langsam vor dem Fenster vorbei und warfen einen flüchtigen Blick in die Kneipe. Im orangefarbenen Licht der Straßenlampe erkannte Dominik nur, daß beide Schifferkappen trugen, die sie tief ins Gesicht gezogen hatten. Die Krägen ihrer Jacken waren aufgestellt.

„Sag, Heinz, entschuldige die direkte Frage, aber von ein paar Fotos und Artikeln kannst du so gut leben?“ erkundigte sich Dr. Monowitsch. Er beneidete seinen früheren Kollegen um dieses ruhige, entspannte Leben auf der Yacht. „Nein, natürlich nicht!“ lachte der sonnengebräunte Mann. „Ich habe von einer Tante eine ziemliche Stange Geld geerbt. Es reicht noch für viele Jahre ...“

Dominik durchzuckte ein glühender Blitz. Er schnürte seine Kehle ab und brachte sein Herz zum Rasen. Die Männer ... da waren die Männer wieder. Sie standen nun auf der anderen Straßenseite neben einem klapprigen Lastwagen und starrten den Jungen an. Als sie erkannten, daß er sie entdeckt hatte, drehten sie sich um und gingen weiter.

Verfolgt?

Dominik konnte nicht mehr anders. „Raketen ... Waffen ... auf der Insel ... in einem geheimen Versteck im Krater", platzte er heraus. Fassungslos drehten die anderen die Köpfe zu ihm und blickten ihn fragend an. „Wie bitte, mein Junge?" fragte Frau Monowitsch. Ihre Stimme klang nach „na, so sag schön, daß du ein bißchen spinnst, dummes Kind!" „Ich habe vorhin zwei Männer ... gehört, ... sie haben geredet", stieß Dominik heraus. „Von einer Raketenstation ... Raketen mit Sprengköpfen ... vielleicht Atomwaffen ... von einem Wahnsinnigen. Sie wollen ihn erpressen."

Dr. Kraner lächelte milde. „Das soll wohl ein Witz sein, Kind?" sagte er und warf Dominik einen bösen Blick zu. „Ehrlich gesagt, halte ich von Späßen dieser Art sehr wenig. Poppis Vater hat mir von euren Abenteuern erzählt, aber eine solche Behauptung geht zu weit. Ich kenne San Miguel wie meine Westentasche. Eine Raketenbasis wäre mir sicher bekannt. Die kann man nicht in einem Hinterhof verstecken."

„Die Männer ... sie waren da und haben hereingeschaut", stammelte Dominik. „Woher weißt du, daß es die Männer waren, die du angeblich belauscht hast?" wollte Herr Monowitsch wissen. Dominik zuckte mit den Schultern. Er konnte diese Frage nicht beantworten. Poppis Vater schien ungewohnt streng zu sein. „Dominik, ich weiß, daß du gewohnt bist, im Rampenlicht zu stehen“, sagte er. „Aber hier ist keine Bühne, deshalb laß das Theater. Verstanden?“

„Aber ...“ Dr. Monowitsch hob nur die Augenbrauen und brachte den Jungen damit sofort zum Verstummen. Noch nie hatte sich der Knickerbocker so elend gefühlt. Er hatte Angst. Grauenvolle Angst, die ihn wie eine graue Faust zusammendrückte. Doch er konnte keine Hilfe erwarten. Jedenfalls nicht von den Erwachsenen. Würden ihm wenigstens seine Knickerbocker-Freunde glauben?

Die Unterhaltung ging weiter. Herr und Frau Monowitsch erzählten von dem gemütlichen Hotel, in dem sie wohnten, und Dr. Kraner beschrieb seine Yacht. „Kommt mich doch einmal besuchen“, schlug er vor. Dr. Monowitsch winkte ab. „Tagsüber unmöglich. Ich bin sozusagen an meinen Schreib-Computer gekettet und darf erst aufstehen, wenn meine Arbeit getan ist. Leni, meine Frau, hilft mir zum Glück.“

Poppi mußte noch immer an die Delphine denken, von denen Dr. Kraner berichtet hatte. „Ich würde gerne kommen und meine Freunde auch“, meinte sie. Der Delphin-Doktor, wie ihn Herr Monowitsch manchmal scherzhaft nannte, hatte sofort einen Vorschlag: „Ich könnte euch gleich jetzt mitnehmen. Auf meinem Boot ist genug Platz, und ich habe zwei Gästekabinen für euch. Morgen ist es vielleicht möglich, etwas weiter hinauszufahren und Delphine zu beobachten. Ich wette, Poppi würde das gerne tun.“ Das Mädchen lachte über das ganze Gesicht und blickte seine Mutter erwartungsvoll an. Würde sie den Ausflug erlauben?

„Also ... also gut, bei Dr. Kraner seid ihr in guten Händen“, meinte sie zögernd, nachdem ihr Mann zustimmend genickt hatte. Axel, Lilo und Poppi brachen in Jubelgeheul aus. Dominik stimmte nur zaghaft ein. Seine Angst war nicht verflogen. Ganz im Gegenteil, er fürchtete sich mehr als zuvor.

Aus dem Hotel holten sich die vier Knickerbocker ihre Schlafanzüge, Badehosen, Bademäntel und Waschsachen. Sie stopften die Sachen in ihre Rucksäcke und machten sich auf den Weg zum Hafen.

Dominik fühlte sich äußerst unbehaglich in seiner Haut. Immer wieder blickte er nach allen Seiten und hielt mit angehaltenem Atem nach den Männern Ausschau. Aber sie waren nicht mehr zu sehen.

Poppi und Dr. Kraner unterhielten sich angeregt über Delphine und Wale. „Die Delphine und Wale stammen von Landraubtieren ab“, erklärte der Wissenschaftler. Als er Lilo, Axel und Poppis zweifelnde Gesichter bemerkte, meinte er: „Das könnt ihr mir ruhig glauben. Vor rund 50 Millionen Jahren sind die Tiere ins Meer übersiedelt, und um sich gegen die Kälte des Wassers zu schützen, haben sie eine dicke Fettschicht angesetzt. Beide Tiere sind keine Fische, sondern Säugetiere. Sie müssen zum Luftholen immer wieder an die Wasseroberfläche kommen.“

„Wie lange und wie tief können Delphine und Wale tauchen?“ wollte Axel wissen. Dr. Kraner überlegte kurz und meinte dann: „Delphine bleiben bis zu 20 Minuten unter Wasser. Wale bis zu einer Stunde. Dabei tauchen sie oft bis in 1.000 Meter Tiefe und jagen nach zehnarmigen Tintenfischen. Aber auch ganze Haie wurden schon in den Mägen von Pottwalen gefunden. Diese Tiere könnten ohne weiteres einen ganzen Menschen verschlucken. Die Sage von Jonas im Walfischbauch könnte also stimmen!“ Axel lachte und sagte dazu nur: „Hmmm, ich glaube, das müssen wir nicht unbedingt ausprobieren.“

Mittlerweile hatten die Knickerbocker und Dr. Kraner den kleinen Hafen erreicht. Neben dem Delphin-Doktor gingen Poppi und Lieselotte. Axel hielt sich dicht hinter ihnen, da ihn die Berichte des Wissenschaftlers interessierten. Dominik war so mit der Ausschau nach Verfolgern beschäftigt, daß er ein gutes Stück zurückblieb.

„Nein, das waren sie nicht!“ versuchte er sich immer wieder einzureden. Er brannte darauf, den anderen von seinen Beobachtungen zu berichten, doch das würde noch dauern.

Plötzlich und völlig unerwartet legte sich eine feste, rauhe Hand über seinen Mund und preßte ihm eisern die Lippen zu. Dominiks Augen wurden vor Schreck weit, und wieder spürte er die Lähmung in seinen Armen und Beinen. Er war völlig unfähig sich zu wehren und mußte tatenlos erleben, wie ihn zwei kräftige Hände packten und in ein dunkles Lagerhaus zerrten.

Der Geruch von billigem Rasierwasser stieg ihm in die Nase und weckte seinen Mut wieder. Dominik begann um sich zu schlagen und zu treten und traf seinen Angreifer an einer äußerst empfindlichen Stelle. Er hörte ein schmerzerfülltes Aufstöhnen hinter sich, und der Griff wurde gelockert. Dominik duckte sich blitzartig und entkam auf diese Art der Umklammerung. Er stolperte - ohne sich umzudrehen - ins Freie hinaus und rannte hinter seinen Freunden nach. „Wartet auf mich!" rief er. Überrascht drehten sich die anderen um, denn ihnen war Dominiks Fehlen gar nicht aufgefallen. Der Junge zitterte am ganzen Körper und schnappte immer wieder nach Luft.

„Bitte erzähle jetzt nicht, du wärst verfolgt worden", sagte Dr. Kraner streng. Dominik klappte verzweifelt seinen Unterkiefer auf und zu und stammelte: „Ich bin sicher, es waren die zwei Männer. Sie haben mich gepackt und ... !"

„Schluß mit diesen Lügenmärchen!" schnitt ihm Dr. Kraner das Wort ab. „Ich glaube, es ist besser, du bleibst hier. Ich finde deine Art widerlich", stellte er mit saurem Gesicht fest.

Nun griff Lieselotte ein. „Sie können Dominik nicht zum Vollidioten abstempeln", erklärte sie. Dominik lächelte ihr dankbar zu. „Denn kein Mensch ist vollkommen!" fügte Axel grinsend hinzu.

„Mein guter Junge, du bleibst wirklich besser auf der Insel“, sagte Dr. Kraner noch einmal. „Am Ende verdächtigst du noch meinen Butler, ein geheimer Gangsterboß zu sein, und wirfst ihn über Bord.“ Lilo, Axel und Poppi lachten schallend. Sie dachten nur noch an die Wale und Delphine und hielten Dominiks Berichte ebenfalls für erfunden. Entweder wollte er sich wichtig machen, oder sie zum Narren halten. Was er erzählte, klang zu unwahrscheinlich und an den Haaren herbeigezogen.

Dominik glaubte seinen Ohren nicht zu trauen. Auf den Azoren wurde ein teuflisches Spiel getrieben, das demnächst grauenhafte Folgen haben könnte, und alle stempelten ihn als Aufschneider ab.

Wütend drehte sich Dominik um. „Ihr seid alle belämmert!“ schrie er. Seine Angst war verflogen und in Zorn umgeschlagen. Gut, wenn sie ihn zum Spinner abstempeln wollten, dann würde er der Sache allein auf den Grund gehen.

Mit großen Schritten rannte er in Richtung Hotel zurück. Die Fäuste tief in die Hosentaschen, starrte er wütend auf den Asphalt und kickte einen Stein vor sich her.

„Nei . . .!“ mehr brachte er nicht heraus. Wieder hatte sich die starke Hand über sein Gesicht gelegt und preßte ihm Mund und Nase zu. Dominik ruderte verzweifelt mit den Armen, weil er keine Luft mehr bekam, doch seinen Angreifer schien das wenig zu kümmern. Er hob ihn wie ein Schaf in die Höhe und rannte mit ihm in das Lagerhaus.

„Hast du ihn wirklich, Jochen?“ fragte eine Männerstimme, die Dominik nur zu gut kannte. „Ja, und diesmal lasse ich ihn nicht mehr los. Vorher zerquetsche ich ihn zu Brei!“ antwortete Jochen. „Siehst du, Kleiner, das kommt davon, wenn man lauscht. Jetzt müssen wir dich verschwinden lassen“, sagte Karl zu Dominik. Da Jochen noch immer seine Hand auf den Mund des Jungen preßte, war jede Antwort unmöglich. „Du machst uns keinen Strich durch die Rechnung, und falls du schon einem deiner Freunde etwas erzählt haben solltest, dann spuck es jetzt aus“, forderte ihn Jochen auf. In Dominik meldete sich ein Gefühl, das man als Edelmut bezeichnen würde. Er wollte seine Freunde schützen und nicht hineinziehen. Doch dann erkannte er, daß das Unsinn war. Als Jochen seine Hand für ein paar Sekunden lockerte, keuchte Dominik: „Meine Freunde wissen alles. Und Dr. Monowitsch und Dr. Kraner auch!“

„Danke!“ sagte einer der beiden Männer. Gleich darauf preßte er einen stinkenden Lappen auf die Nase des Jungen. „Der Geruch eines Krankenhauses . . .“ konnte der Junge noch denken, bevor er in tiefen Schlaf versank. Es war, als hätte jemand einen Eimer schwarze Farbe über seinen Kopf gegossen. Die beiden Männer hatten ihn mit Chloroform betäubt und beförderten ihn unsanft in eine große Holzkiste.

„Dominik!!! He, wo steckst du?“ ertönte auf der Straße Lilos Stimme. „Tut mir leid, daß ich so streng zu ihm war“, meinte Dr. Kraner.

Karl und Jochen nickten einander zu und nahmen ihre Positionen neben der Tür ein. Oh nein, niemand würde ihre große Stunde stören und vielleicht etwas verraten. Niemand!

Jochen hielt sich die Hand vor das Gesicht und erzeugte einige verzweifelte, erstickte Laute. „Hilfe! Helft mir!“ würgte er fast unverständlich, aber laut genug, daß es draußen noch zu hören war.

„Er ist hier drinnen!“ rief Lieselotte auf der Straße und riß die Tür auf. Aufgeregt stolperte sie in das Lagerhaus. Poppi und Axel waren ihr dicht auf den Fersen. Sie hatten alle Vorsichtsmaßnahmen vergessen und tappten blindlings in die Falle. Die nächsten Sekunden waren für sie wie eine Fahrt auf der Geisterbahn. Plötzlich und unerwartet wurden sie von starken Händen gepackt, die sie zu Boden schleuderten. Dabei fielen Poppi und Lilo so unglücklich mit dem Kopf auf den harten Betonboden, daß sie augenblicklich bewußtlos waren. Axel versuchte sich zu wehren und bekam sofort den Chloroform-Lappen auf das Gesicht gepreßt. „Helfen Sie uns, Dr. Kraner!“ brachte er noch mühsam hervor, bevor die Kraft aus seinen Armen und Beinen verschwand und er zusammensackte.

Schlimmes Erwachen

Axel war der erste, der wieder zu Bewußtsein kam. Ihm war übel, schrecklich übel, und sein Mund war staubtrocken. Als der Junge versuchte sich aufzusetzen, hämmerte und pochte es bei jeder Bewegung in seinem Kopf.

„Wo bin ich eigentlich?" überlegte Axel. Ihm war klar, daß er auf dem Rücken lag. Sein Kopf war gegen etwas Weiches gelehnt. Rund um ihn bebte der Boden, und ein dumpfes Rattern war zu hören. Es herrschte tiefe Dunkelheit.

Der Junge ließ die Hand in den Hosensack gleiten und kramte die kugelschreiber-große Taschenlampe heraus, die jeder Knickerbocker immer bei sich trug. Er knipste sie an und ließ den Lichtkegel über seine Umgebung gleiten.

Axel war verdutzt. Er mußte in einer Kiste liegen. In einer Holzkiste, die aus rohen Brettern zusammengenagelt war und ungefähr zweimal zwei Meter groß sein mußte. Neben sich entdeckte er Lilo, Poppi und Dominik, der ihm auch als Kopfkissen diente. Leblos lagen ihre Körper mit verdrehten Gliedern und offenen Mündern in der Kiste.

Noch einmal unternahm der Junge einen Versuch sich aufzurichten. Das Dröhnen in seinem Schädel war sofort wieder da, doch er kümmerte sich nicht darum. Axel sorgte sich um seine Kumpels. Er drehte sich zu Dominik und tätschelte ihm die Wange. Dominik grunzte widerwillig und warf den Kopf auf die andere Seite. Das hieß, er lebte, und im Augenblick war das die Hauptsache. Zu seiner großen Erleichterung stellte Axel fest, daß auch die anderen nur betäubt waren. Da er sie nicht wecken konnte, lehnte er sich gegen die Kistenwand und beschloß zu warten.

„Der Boden bebt nicht nur, er schwankt . . . wie ein Schiff auf Hoher See“, fiel ihm ein. Weitere Gedanken waren aber nicht möglich, da er wieder eingeschlafen war.

Rund drei Stunden später erwachten alle vier Knickerbocker-Freunde und rieben sich die schmerzenden Körperteile. Zu viert in einer etwa eineinhalb Meter hohen und vier Quadratmeter großen Kiste eingesperrt zu sein, war eine verdammt enge Angelegenheit. Es dauerte, bis sie Arme und Beine entwirrt und eine halbwegs angenehme Lage gefunden hatten.

„Die Männer . . . die Männer, die ich belauscht habe, wollten mich loswerden. Und weil ich gesagt habe, daß ihr alles wißt, haben sie euch auch gefangen“, murmelte Dominik verschlafen. Doch wo war Dr. Kraner? Eigentlich mußte er auch ausgeschaltet worden sein.

„Wir müssen sofort aus dieser Kiste“, stellte Lieselotte fest. „Ich habe Platzangst hier herinnen und bekomme außerdem keine Luft. Wenn ich nicht bald rauskomme, drehe ich durch.“

Axel versuchte aufzustehen und knallte dabei mit dem Kopf gegen den Kistendeckel. Stöhnend sank er wieder auf die Knie und begann mit den

Fäusten gegen die Seitenwand zu schlagen. „Hallo ... Hilfe!“ schrie er. „Wir sind hier herinnen! Bitte holt uns raus!“ Keine Reaktion. Es schien ihn niemand zu hören.

Dominik ahnte Schreckliches. „Wahrscheinlich haben uns die Männer in diese Kiste gesteckt und in den Frachtraum eines Schiffes befördert. Am Wanken des Bodens glaube ich zu erkennen, daß wir uns bereits auf dem offenen Meer befinden. Vielleicht ist der Frachtraum verschlossen und wird erst im Zielhafen wieder geöffnet. Das kann in ein paar Tagen, aber auch in einigen Wochen sein.“

„Alter Schwarzseher!“ fuhr ihn Lieselotte an. Im nächsten Moment fiel ihr ein, daß alles nicht so gekommen wäre, wenn sie ihrem Kumpel geglaubt hätte. Deshalb brummte sie eine Entschuldigung und versuchte, beide Hände gegen den Kistendeckel zu stemmen. Vergeblich. Er bewegte sich nicht einen Millimeter. Lieselotte zog sich dabei nur einen Schiefer ein. „Raus“, keuchte sie, „ich will raus. Ich muß raus.“

Noch einmal begann Axel gegen die Wand zu trommeln und um Hilfe zu rufen. Die anderen stimmten ein. Wieder nichts.

Erschöpft und entmutigt versanken die vier in tiefes Schweigen. Dominik drückte den Lichtknopf auf seiner Uhr. „Es ist bereits zwei Uhr am Nachmittag“, meldete er. Das bedeutete, die Bande war 15 Stunden lang bewußtlos gewesen.

Das langgezogene, hohe Quietschen einer Metalltür erklang in unmittelbarer Nähe. Augenblicklich stimmten die vier Knickerbocker wieder ihren Hilferuf an. Tiefe Männerstimmen kamen näher und bellten etwas in einer fremden Sprache. Sie klopften von außen auf die Kisten, und Axel antwortete mit Klopfzeichen von innen. Holz splitterte, und die Kiste erbebte. „Köpfe einziehen, die brechen den Deckel auf", befahl Lieselotte. Keine Sekunde zu früh. Eine lange, flache Eisenstange wurde von außen zwischen Deckel und Kistenwände getrieben. Damit brachen die Männer den Deckel rundherum auf und entfernten ihn. Erleichtert erhoben sich die Junior-Detektive und standen nun Angesicht zu Angesicht mit ihren Rettern. Es waren zwei bullige, äußerst muskulöse Männer in weißen Hosen und blauen Pullovern. Sie redeten heftig auf die Bande ein, doch als sie keine Antwort bekamen, wurden sie ungeduldig. Sie packten einen Knickerbocker nach dem anderen und hoben ihn aus der Kiste. Sanft gingen sie dabei nicht mit ihnen um.

„Ich glaube, die halten uns für blinde Passagiere", sagte Lilo. Die Männer ließen wieder einen Wortschwall auf sie nieder und trieben Axel, Lieselotte, Poppi und Dominik wie vier Schafe vor sich aus dem Raum. Wo wurden sie nun hingeführt?

Blinde Passagiere

Die Kiste hatte sich auf dem untersten Deck des Schiffes in einem Laderaum befunden. Mit einem rostigen und ziemlich verdreckten Lift fuhren die beiden Männer mit der Knickerbocker-Bande in die Höhe. Der Gestank in der Aufzugskabine war ekelig und das Quietschen der Tragseile und Laufräder ohrenbetäubend.

Eines war Lieselotte sofort klar: Für Passagiere war dieses Schiff nicht gebaut. Entweder handelte es sich um einen Fischkutter oder um ein Transportschiff.

Der Lift hielt, und die Männer stießen die verbeulte, abgeschlagene Metalltür auf. Frische, salzige Seeluft schlug Axel, Poppi, Dominik und Lieselotte entgegen. Vor ihnen befand sich ein weites, offenes Deck, an dessen Ende eine Art Kran aufgebaut war. Dahinter erstreckte sich das Meer. Land konnten sie keines entdecken.

Hier oben war das Schwanken des Schiffes stärker zu spüren als im Frachtraum. Als Poppi an das Wort ‚Seekrankheit' nur dachte, wurde ihr augenblicklich übel. Auch Dominik mußte an einen Satz denken, den er in einem Buch über die große Überfahrt des Christoph Kolumbus gelesen hatte. Die Seekrankheit verläuft in zwei Phasen: in der ersten glaubt man zu sterben, in der zweiten hofft man darauf.

Ein mindestens zwei Meter großer, rotgesichtiger Mann bog um die Ecke und starrte die vier Kinder wie Klabautermänner an. Nun begann auch er in der fremden Sprache zu schreien, und die beiden Matrosen brüllten zurück. Der Mann – bei dem es sich nach der Uniform und den goldenen Streifen an den Jackenärmeln zu schließen – um den Kapitän handelte, wandte sich an die Knickerbocker und redete wild auf sie ein. Wahrscheinlich sprach er portugiesisch oder spanisch, doch beide Sprachen konnte keiner der vier Freunde sprechen.

Schließlich holte der Kapitän ein kleines Funkgerät aus der Brusttasche seines blauen Jackets und funkte jemanden an. Es dauerte ein paar Minuten, in denen sich die Knickerbocker-Bande und die Seeleute nur gegenüberstanden und versuchten, am anderen vorbeizublicken.

Schließlich trat ein Mann zu ihnen, der eine ähnliche Uniform wie der Kapitän trug. Allerdings zählte Dominik weniger Streifen auf seinen Jackenärmeln. Wahrscheinlich handelte es sich um den Ersten Offizier.

Und wieder begann das Geschrei. „Können sich die nicht normal unterhalten?" zischte Axel Lieselotte zu. Das Mädchen unterdrückte ein Kichern. Außerdem gab es etwas, das ihm Sorgen bereitete: Die Männer schienen alle sehr aufgeregt und verärgert. Wieso kam keiner auf die Idee, daß sie Hunger und Schmerzen hatten und vielleicht Hilfe benötigten?

Der Erste Offizier wandte sich der Bande zu und redete sie zuerst französisch, dann englisch und schließlich deutsch an. Seine Sätze waren knapp und glichen einem Verhör: „Der Kapitän will wissen, wer euch an Bord geschmuggelt hat?“ Die vier Knickerbocker rissen erstaunt die Augen auf. „An Bord geschmuggelt? Was soll das heißen?“

„Wer bezahlt euch?“ bohrte der Erste Offizier weiter. „Niemand“, antwortete Lieselotte. „Wir sind im Hafen von San Miguel überfallen und betäubt worden. Zwei Männer haben uns in diese Kiste eingenagelt. Wir haben keine Ahnung, wie und vor allem wieso wir an Bord gebracht worden sind.“

Der Assistent des Kapitäns schien zu überlegen, ob er den Knickerbockern glauben sollte oder nicht. Schließlich dolmetschte er für die anderen. Der Offizier erhielt einige Anweisungen vom Kapitän, der daraufhin grußlos abmarschierte. Auch die beiden Matrosen machten sich wieder an die Arbeit.

„Wir halten euch für Lügner oder blinde Passagiere“, erklärte der Mann in der Uniform. „Ihr bekommt nun etwas zu essen und werdet dann arbeiten und eure Fahrt verdienen.“

Axel war außer sich. „Aber das ist Quatsch!“ schrie er. „Sie können uns nicht wie Verbrecher behandeln! Wir sind unschuldig. Bitte funken Sie den Hafen von San Miguel auf den Azoren an, Poppis Eltern machen sich bestimmt wahnsinnige Sorgen. Sie müssen verständigt werden.“ Der Offizier verzog zweifelnd das Gesicht. „Wie heißt das Hotel?“ fragte er. Poppi nannte ihm stammelnd den Namen des Hotels und den ihrer Eltern, und er notierte ihn.

Danach brachte er die Knickerbocker in die

Schiffsküche, wo ein schmuddeliger Koch für sie die Reste einer Mahlzeit aus den Kochtöpfen kratzte. Da den vieren von der Narkose noch übel war, rührten sie das Essen nicht an, sondern tranken nur mehrere Gläser Mineralwasser. „Und jetzt an Bord, schrubben!" kommandierte der Erste Offizier.

Dominik wollte protestieren, aber Lieselotte hielt ihn zurück. „Laß das jetzt, es hat keinen Sinn!"

Zehn Minuten später war jeder Knickerbocker mit einem Schrubber ausgerüstet, und gemeinsam wuschen sie das Metalldeck, das mit oranger Rostschutzfarbe angepinselt war. Nun hatte Dominik endlich Gelegenheit, seinen Kumpels alles zu berichten, was er belauscht hatte. Keiner zweifelte jetzt noch an der Richtigkeit seiner Erzählung.

„Entschuldige, wir waren hirnverbrannte Idioten", brummte Axel. „Es war total verblödet, daß wir dir nicht geglaubt haben."

„Schon gut, das nützt uns jetzt auch nichts mehr", sagte Dominik. „Was wird jetzt? Was unternehmen wir?" Poppi stützte sich auf den Stiel ihres Schrubbers und stöhnte: „Ich kann nicht mehr. Mir ist kotzübel und ich will mich hinlegen!"

„Weitermachen! Marsch!" brüllte eine Stimme über ihnen. Sie gehörte dem Offizier, der einen Stock höher auf der Kommandobrücke stand und herunterschimpfte. „Der Typ tut nur so hart", sagte Dominik leise. „Ich habe ein wenig Ahnung von Körpersprache und vermute, daß er im Inneren weich ist. Sein gebückter Gang und die vorgefallenen Schultern deuten darauf, daß er immer nur Befehle ausführt, die er von oben erhält."

Lilo wollte Dominiks Verdacht auf die Probe stellen, setzte ein bittendes, mitleiderregendes Gesicht auf und rief flehend: „Unserer Freundin geht es schlecht. Sie muß sich ausruhen. Bitte, lassen Sie uns ein Stündchen hinlegen!" Nun fügte das Mädchen noch einen treuherzigen Dackelblick hinzu, der den Ersten Offizier tatsächlich schmelzen ließ. Er kam zur Knickerbocker-Bande herunter und schubste sie unter Deck. Der Mann öffnete eine Kajütentür und sagte leise und hastig: „Hinein und still!"

Mit einem lauten Seufzer der Erleichterung ließen sich die beiden Mädchen auf die unteren Betten der Kabine sinken. Axel und Dominik kletterten auf die oberen Liegen.

Eigentlich wollten sie weiter beratschlagen, wie sie sich verhalten sollten, doch das sanfte Schaukeln des Schiffes und die überstandenen Schrekken ließen sie rasch einschlafen.

Lieselotte erwachte als erste wieder. Sie lag mit dem Kopf dicht an der hölzernen Trennwand zur Nebenkabine und schnappte noch im Halbschlaf die Worte auf: „Erzählen Sie schon, fließt viel Blut dabei?"

Lieselotte war mit einem Schlag hellwach. Sie richtete sich in ihrem Bett auf und preßte das Ohr gegen die Wand.

„Ich kann es kaum erwarten, bis es beginnt, und den Todesstoß muß natürlich ich ihm versetzen!“ sagte eine Stimme nebenan. Es war ein Mann, der da sprach, und dem Akzent nach zu schließen handelte es sich um einen Schweizer. Der Klang seiner Stimme war schrill, abstoßend und hatte etwas Gieriges an sich. Es war die Gier nach Qual, nach Blut und nach Tod.

„Ich war früher selbst noch dabei, als wir mit Ruderbooten hinausgefahren sind, um die Tiere zu erlegen. Mein Großvater konnte sogar an der Höhe des Spritzstrahles auf den Meter genau die Länge des Wales voraussagen.“ Der Erzähler war zweifellos der Erste Offizier.

„Und dann? Wie haben Sie die Bestie gejagt?“ drängte der andere ihn weiterzuberichten. Sehr angenehm schien es dem Ersten Offizier nicht zu sein. „Ein Boot mußte möglichst nahe an den Wal heran, und man mußte ihm eine Harpune mit Widerhaken durch das dicke Fett stoßen. Daran war ein Seil befestigt, mit dem wir den Wal nun ‚an der Angel‘ hatten. Das Tier hat sich natürlich gewehrt und versucht uns abzuschütteln. Wie ein Motorboot zog es das Ruderboot hinter sich her, und manchmal blieb uns nichts anderes übrig, als die Leine durchzuschneiden, um nicht in die Tiefe gerissen zu werden.“

Lilo wurde nur vom Zuhören übel. Poppi, die nun auch erwacht war, wollte etwas sagen, doch Lieselotte deutete ihr, still zu sein. Deshalb kroch das Mädchen aus seinem Bett, das auf der anderen Wand befestigt war, und kam zu Lilo geschlüpft. Nun belauschten sie zu zweit die schaurigen Schilderungen.

„Wenn der Wal näher an die Ruderboote herankam, rammten die Männer Speere in seinen Körper“, erzählte der Erste Offizier weiter. „Blut floß aus dem Wal, und er wurde schwächer und schwächer. Trotzdem dauerte sein Todeskampf oft viele Stunden. Immer wieder stachen die Männer zu und versuchten, ihm den Todesstoß zu versetzen. Immer langsamer wurden die Bewegungen des Riesen, bis er schließlich zur Seite kippte und die Brustflosse an der Oberfläche erschien.“

Die Gier des anderen Mannes nach blutrünstigen Sensationen war damit aber noch immer nicht gestillt. „Und dann, was ist dann mit dem Biest geschehen?“

„Ein Wal ist kein Biest“, verbesserte ihn der Erste Offizier. „Wenn ich sage, er ist ein Biest, dann ist er eines. Schließlich bezahle ich dafür“, schnauzte ihn der Schweizer an. Kleinlaut redete der Seemann weiter: „Dann wurde das Tier in den Hafen geschleppt . . . mit einem Motorboot. Rund um den Wal war meistens ein großer Blutfleck im Wasser. Von allen Seiten kamen die Haie geschwommen. Sie fetzten an den Wunden des

Wales herum und waren wie in einem Blutrausch. Ich hatte manchmal das Gefühl, sie wollten sein Blut trinken. Dabei erwischten sie gar kein Fleisch, wenn sie in ihn bissen. Sie bekamen nur das dicke Fett.“ Der andere Mann lachte hämisch und freudig. „Manchmal stießen die Wale noch einen letzten Schrei aus. Er klang wie das Knarren eines riesigen Scheunentores und ... und ging durch Mark und Bein. Als das Tier in der Fabrik geöffnet wurde, haben die Arbeiter oft Walbabys in den Kühen gefunden.“

Mitleid schien der Gesprächspartner des Ersten Offiziers nicht zu kennen. Je grauenerregender die Erzählung, desto mehr lachte er.

„Ich will die Zähne haben und den Kiefer“, sagte er. „Jaja, die kommen dann in mein Häuschen als Trophäe. Den Rest der Bestie überlassen wir den Haien. Aber die Drecksarbeit zu Beginn, die macht ihr!“

„Ja, Herr Molan“, erwiderte der Stellvertreter des Kapitäns leise. „Prima Sache, daß man mit euch noch auf Walfang gehen kann“, lobte Herr Molan. „Ich werde nie verstehen, wieso die Jagd auf die Biester eingestellt worden ist.“

Poppi und Lieselotte hatten genug gehört. Stumm starrten sie einander an und schüttelten die Köpfe. „Guten Morgen“, meldete sich Axel von oben. „He, was ist denn mit euch los?“ wollte er wissen, als er die entsetzten Gesichter seiner Knickerbocker-Kumpels sah. Es kostete die Mädchen viel Überwindung, ihm alles zu berichten. „Wale sind gefährdete Tiere“, meinte Poppi schluchzend. „Dabei ist es wirklich völlig unnötig, daß sie gejagt werden. Aus ihrem Fleisch wird oft nur Hundefutter gemacht. Manchmal wird es auch für die Herstellung von Kosmetika verwendet. Und Tran - als Walfett - für Tranlampen braucht heute kein Mensch mehr!"

Axel und Dominik, der sich nun auch dazugesellt hatte, nickten. „Deshalb wurden auch alle Walfabriken auf den Azoren geschlossen. Herr Molan scheint diese Jagd nur zum Spaß zu machen!"

„Glaubt ihr, können wir irgend etwas unternehmen, um den Wal zu retten?" fragte Axel. Poppi schoß wie von der Tarantel gestochen in die Höhe und rief: „Was heißt können? Wir müssen! Wir müssen ihn retten!"

Lilo, die sonst nie den Mut verlor, wirkte diesmal nicht sehr optimistisch. „Wir wissen nicht einmal, wie wir uns selbst retten können, Poppi. Der Walfang ist verboten, und mir ist jetzt auch klar, wieso der Kapitän so aufgebracht war." Dominik hatte soeben denselben Gedanken gehabt. „Weil wir nun beobachten können, was hier an Bord vorgeht. Wir sind Augenzeugen, und er muß fürchten, daß wir ihn und seine miesen Geschäfte verraten!"

Axel war schlagartig käseweiß im Gesicht geworden. „Leute, vielleicht ist es kein Zufall, daß uns die beiden Männer ausgerechnet auf dieses Schiff gebracht haben."

„Wieso?" fragten die anderen überrascht. Axel hatte einen fürchterlichen Verdacht.

„Überlegt mal, welches Interesse hat der Kapitän dieses Schiffes, uns zurück in den Hafen zu bringen?“ fragte Axel.

Schlagartig wußten nun auch die anderen, worauf er hinauswollte. „Keines“, sagte Dominik leise. „Weil wir natürlich herumerzählen, was sich hier an Bord tut, und er dann nicht mehr diese heimlichen Waljagden veranstalten kann. Bestimmt bekommt er dafür ein Vermögen bezahlt.“

Axel nickte. „Aber auch die Männer wollen, daß wir für imm ... naja ... zumindest für lange Zeit verschwinden, damit sie Kolumbus erpressen können!“ Dominik fiel nun noch etwas ein: „Außerdem dauert es nicht mehr lange bis zum Abschuß der Raketen. Es sind nur noch 19 Tage!“

„Bis dahin müssen wir in Sicherheit sein und vor allem die Sache melden, damit der Abschuß verhindert wird“, meinte Lieselotte.

Axel überlegte, ob er den anderen alles mitteilen sollte, was er sich überlegt hatte. Poppi würde wahrscheinlich ziemlich in Panik geraten. Er beschloß dann aber doch, mit den anderen zu reden, schließlich konnte es eine wichtige Warnung sein: „Leute, falls uns die Matrosen mitten auf dem Meer über Bord werfen, wird ihnen das keine Schwierigkeiten bereiten, denn niemand weiß, daß wir überhaupt hier sind.“

Stille. Dieser Ausspruch saß. „Wir müssen fest

zusammenhalten, dann kann uns nichts geschehen!“ Mit diesen Worten versuchte Axel den anderen wieder Mut zu machen.

Ein Schlüssel wurde von außen in das Schloß der Kabinentür gesteckt und gedreht. Der Erste Offizier tauchte im Türrahmen auf. „Der hat etwas ... mit dem stimmt etwas nicht!“ fiel Lieselotte sofort auf. „Der Kapitän will mit euch reden“, sagte der Offizier. Er deutete den vier Freunden, ihm zu folgen. Zögernd folgten die Knickerbocker der Aufforderung.

Sie traten auf das Deck hinaus und sahen die Sonne weit im Westen stehen. Bald würde sie untergehen. Der Offizier öffnete die Tür zum Lift, und die Bande trat ein. Er drückte einen Knopf und stieg wieder aus. „He, wieso kommen Sie nicht mit?“ fragte Axel überrascht. Der Mann antwortete nicht, sondern schleuderte mit Schwung die Aufzugstür zu. Sofort setzte sich der Lift in Bewegung und fuhr nach unten. „Da ... da stimmt etwas nicht!“ schrie Poppi. „Der Kapitän ist doch niemals im Frachtraum.“ Axel untersuchte fieberhaft die Tastatur und wollte die STOP-Taste drücken. Doch es gab keine. Der Lift hielt nur an Deck oder im Laderaum.

Unter schrecklichem Quietschen kam die Liftkabine zum Stillstand, und die Tür wurde aufgerissen. Die beiden Matrosen, die die Knickerbocker bereits kannten, stürzten sich auf sie und packten sie brutal an den Armen. Lilo, Axel, Poppi und Dominik traten und schlugen um sich, doch die Körper der Seeleute waren wie aus Beton. Ohne nur die Miene zu verziehen, zerrten die Matrosen die vier Freunde zu der Kiste, in der sie an Bord gekommen waren. Dominik ließ sich auf den Boden fallen, und die anderen taten es ihm nach. Sie versuchten, sich so schwer wie möglich zu machen, damit sie nicht in die Kiste gestoßen werden konnten, doch die Männer kannten keine Gnade. Wie Mehlsäcke zerrten sie die Junior-Detektive hinter sich her.

Als sie die Knickerbocker dann aber in die Kiste bekommen wollten, mußten sie jeweils einen loslassen, weil sie dazu auch ihren zweiten Arm benötigten. Zuerst wurden Poppi und Dominik hochgehoben und über die Holzwand der Truhe geworfen. Hart prallten sie auf dem Bretterboden auf. Lilo und Axel versuchten zu fliehen, kamen aber nicht weit. Auch sie landeten in der Kiste, auf die die Männer krachend den Deckel fallenließen.

Die vier Freunde, die schon viel erlebt hatten, wurden von unbeschreiblicher Panik gepackt. Sie versuchten, die Hände gegen den Deckel zu stemmen und ihn auf diese Art offenzuhalten, doch es war völlig sinnlos. Geschickt und flink hämmerten die Seeleute ihn wieder zu. Danach warfen sie das Werkzeug zur Seite und verließen den Frachtraum.

„Was ... was ist jetzt? Wieso tun sie das?“ wimmerte Poppi. „Weil sie uns samt der Kiste im Meer versenken wollen!“ schrie Dominik. „Aber wir haben keine Chance gehabt. Das sind lebendige Schraubstöcke!“

Axel kauerte stumm auf dem Boden und

schwieg. „Ich will nicht ertrinken! Ich will nicht!" tobte Poppi und sprang in der engen Kiste auf und nieder. Lieselotte versuchte, sie auf den Boden zu drücken, doch sie hatte keine Chance. Poppi schlug sich Beulen, blaue Flecken und holte sich außerdem blutige Hände. Schluchzend sank sie schließlich nieder.

Nun bekam Dominik einen Tobsuchtsanfall. Dummerweise krachte er dabei mit dem Kopf so fest gegen den Kistendeckel, daß er ohnmächtig zusammensackte. Es gab keine Hoffnung mehr. Ohne fremde Hilfe kamen sie aus der Kiste nicht heraus, und wenn die Matrosen sie tatsächlich über Bord werfen wollten, war alles aus! Alles!

Dieser Gedanke machte die Bande völlig unfähig, etwas zu unternehmen. Es war keine Angst mehr, die sie lähmte. Es war eine kilometerhohe Mauer, vor der sie standen und über die keiner klettern konnte. Doch eines stand fest: Die Mauer würde schon bald niederkrachen und die Knickerbocker unter ihren Trümmern begraben.

Es gab keinen Zweifel, die Truhe sollte der Sarg der Knickerbocker-Bande werden.

Zwei Stunden später kehrten die Matrosen zurück. Ächzend und stöhnend schoben sie die Kiste ein Stück weiter zu einem hohen Schacht. Am oberen Ende wurde eine Luke geöffnet, und unter lautem Surren und knatterndem Motorenlärm kam ein Seil herunter. Wieder stöhnten die Männer, als sie die Kiste mehrere Male aufheben mußten, um das Tau herumzuschlingen. Dann riefen sie etwas, worauf der Kran die Truhe nach oben beförderte.

Mittlerweile war draußen die Dunkelheit hereingebrochen. Die Holzkiste, in der normalerweise Frachtgut transportiert wurde, schaukelte an dem eisernen Kranarm. Der Kapitän höchstpersönlich stand am Schaltpult. Von der Kommandobrücke aus verfolgte der Erste Offizier mit schreckgeweiteten Augen den Vorgang.

Der Kapitän legte einen Hebel um, worauf der Kran die Kiste über die Reling zum Meer hinausschwenkte. „Adios!“ murmelte der Seemann und tippte mit dem Zeigefinger an den Rand seiner Kappe, bevor er einen weiteren Hebel betätigte. Die Kiste wurde ausgeklinkt und landete mit einem lauten Platsch im Wasser.

Entsetzt beobachtete der Erste Offizier, wie sie auf den Wellen schaukelte. Er wußte, daß es nicht lange dauern würde, bis sie mit Wasser vollgelaufen war und versank. Auf dem Meeresgrund sollten die vier Kinder ihr Grab finden. Die Geldgier des Kapitäns schreckte auch vor vierfachem Mord nicht zurück.

Die Qual des Wals

Es war ein Uhr in der Früh. Der Dreiviertel-Mond stand über dem Meer und spiegelte sich silbern auf den Spitzen der Wellen.

Auf der Kommandobrücke herrschte Ruhe. Nur der Steuermann war wach. Er saß auf einem Sessel und hatte die Beine auf das Steuerrad gelegt. Das Schiff war nämlich in den späten Abendstunden vor Anker gegangen und lag nun ruhig im Wasser. Eigentlich war der Steuermann arbeitslos. Seine Aufgabe war es, Wache zu halten und vor allem auch nach der Spritzwasser-Fontäne von Walen Ausschau zu halten.

Der Seemann war müde. Er hatte den Job nur angenommen, weil er einen Haufen Geld brachte. Sonst widerte ihn diese Reise an. Heftig gähnend beschloß er, sich eine Flasche Whisky aus der Kambüse zu holen, und verließ dazu die Kommandobrücke.

Kaum war er gegangen, huschte ein kleiner, dunkler Schatten hinter einer Truhe hervor, in der Taue und Schwimmwesten verstaut waren. Der Schatten wieselte auf die Kommandobrücke und blickte sich suchend um. Schnell hatte er gefunden, wonach er suchte: Das Funkgerät. Er schaltete es ein und nahm das Mikrophon. „Hilfe! SOS!“ funkte er. „Hilfe! SOS!“ Als nur Rauschen und Pieptöne aus dem Lautsprecher kamen, wurde der Wellensuchknopf weitergedreht. Da! Es gab eine Position, da herrschte Stille. „Hilfe! SOS!“ wurde der Notruf wiederholt. „Unsere Position ...?“ Der Schatten zögerte und beäugte die verschiedenen Meßinstrumente. Verdammt, wieso kannte er sich damit nicht aus? Noch heuer mußte er mehr über die Seefahrt lernen.

Ein Zufall kam zu Hilfe. Der Steuermann hatte die Position nämlich auf einer Seekarte eingetragen. Diese Position las der Schatten ab und flüsterte sie in das Funkgerät. „SOS!“ wiederholte er, und wartete auf eine Antwort. Vergeblich! Nach einer Minute gab er auf und verschwand wieder hinter der Kiste.

Dort wurde er bereits ungeduldig von Lilo, Poppi und Dominik erwartet. „Und? Hast du es geschafft?“ Axel zuckte mit den Schultern. Er wußte es nicht. Ihm verdankte die Bande, daß sie noch am Leben war und nicht auf dem Meeresgrund lag. Axel hatte eiskalten Mut und Verstand bewiesen. Als die Matrosen ihn und Lilo vor der Kiste auf dem Boden liegengelassen hatten, um Poppi und Dominik hochzuheben, war Axel das Brecheisen in die Hände gekommen, mit dem die Truhe geöffnet worden war. Er hatte es an sich gepreßt und versteckt.

Kurze Zeit nachdem die Seeleute den Frachtraum verlassen hatten, war es den Knickerbockern bereits gelungen, den Deckel zu heben und sich zu befreien. Damit ihre Flucht nicht auffiel, hatten sie schwere Säcke in die Kiste gelegt und sie wieder verschlossen.

„Der Steuermann hat eine Karte, auf der eingezeichnet ist, wo Wale gesichtet wurden. Laut dieser Karte müßte demnächst einer auftauchen." Poppi begann am ganzen Körper zu zittern. Vor diesem Augenblick hatte sie die meiste Angst. Sie konnte doch nicht tatenlos zusehen, wenn dieser blutgierige Schweizer einen Wal nur zum Spaß tötete!

Die Stunden krochen dahin wie Tage. Das Versteck der Bande war nicht sehr gut, deshalb schlichen sie noch vor Tagesanbruch auf das untere Deck, wo sich der Kran befand. Hier entdeckten sie einen kleinen Abstellraum, der bis auf einen Stapel Bierkisten leer war. In der Tür war eine kleine Luke, durch die sie genau beobachten konnten, was draußen vor sich ging. Sollte sich jemand dem Raum nähern, bot der Bierkistenstapel ein hervorragendes Versteck.

Es war halb zehn am Vormittag, und die Knickerbocker-Bande schlief. Nicht tief, aber ein wenig. Das langgezogene Tuten der Schiffssirene ließ die vier erschreckt in die Höhe schießen. Axel und Poppi tappten zur Luke und spähten nach draußen. Kam vielleicht schon ein Schiff, das ihnen helfen würde?

„Wal, Steuerbord voraus!" meldete der Erste Offizier. Poppi schnürte es die Kehle zu. Der Mann stand neben dem Kran und deutete mit einer kleinen Flagge nach links. Das Mädchen stellte sich auf die Zehenspitzen und konnte nun auf das Meer hinausblicken.

Tatsächlich! Eine hohe Wasserfontäne zeigte an, daß ein Wal unter den Wellen schwamm.

Aus der Richtung der Kommandobrücke kam ein kleiner, drahtiger Mann geschossen. Er war nicht einmal so groß wie Axel (und das wollte was heißen), trug eine weiße Hose, ein Kapitäns-Jackett und eine Kapitänsmütze. „Ich sehe die Bestie!“ schrie er. „Und ich sage ihr den Kampf an!“

Poppi ballte ihre Hände zu Fäusten und hätte am liebsten auf den Mann eingedroschen. Doch sie war in der Abstellkammer gefangen. Sich zu zeigen, hätte unweigerlich geheißen, über Bord geworfen zu werden. Der Wal schlug einen Haken und kam direkt auf das Schiff zugeschwommen. Sein unglaublich langer, schwarzer Rücken tauchte über der Wasseroberfläche auf. Poppi erschien das Tier wie eine Lokomotive, die unter Wasser fuhr und immer wieder hinaufkam, um ihren Dampf abzulassen. Aus ihren Tierbüchern wußte sie, daß der Wal zu den Säugetieren zählte, also auch Lungen besaß. Die Luft, die er einatmete, stieß er durch das Loch in seinem Schädel wieder aus. Meistens war sie mit Schaum und Wasser vermischt und bildete eine weiße Fontäne.

Die beiden Matrosen kamen und schleppten eine riesige Waffe mit sich. Sie schraubten sie im Boden und an der Reling fest und legten einen langen Speer mit Widerhaken ein. Am Ende des Metallpflocks war ein Seil befestigt. „Die Harpune“, dachte Poppi und würgte an dem Kloß in ihrem Hals. „Ich mache das! Ich!“ kreischte das Männchen und packte das Gerät. Geduldig zeigte der Erste Offizier, wie er damit umgehen sollte, doch der Schweizer war viel zu ungeduldig. Er stieß den Seemann zur Seite, fuchtelte mit der Harpune wild herum und drückte ab. Die Waffe versetzte ihm einen Rückstoß, der ihn zu Boden schleuderte. Der Speer zischte durch die Luft und zog das weiße Seil hinter sich her.

„Daneben!" tobte der Hobby-Walfänger. Poppis Herz machte vor Freude einen Luftsprung. Die Matrosen holten die Leine mit dem Metallspeer wieder ein. „Diesmal ziele ich besser!" versprach der blutdurstige Jäger. „Diese feige Sau muß sich hier selbst bestätigen und dafür ein Tier, das ohnehin schon so selten ist, abknallen!" knurrte Axel.

Nachdem die Harpune wieder vorbereitet war, half der Erste Offizier dem Schweizer beim Zielen. Der Mann schien außer sich vor Erregung und legte aufgeregt die Hand auf den Abzug. „Nein, nicht!" wimmerte Poppi.

Die Rettung

Axel weiß bis heute nicht, was damals in ihn gefahren ist. Obwohl es für die Knickerbocker-Bande den Tod bedeuten konnte, stürzte er ins Freie und rannte - so schnell er nur konnte - auf den Schweizer zu. Er versetzte ihm einen so festen Tritt, daß dieser ins Taumeln geriet und vor Schreck die Orientierung verlor. Das hagere Männchen knallte gegen die Reling, kam aus dem Gleichgewicht und stürzte rücklings ins Wasser. Als sein Kopf zwischen den Wellen wieder zum Vorschein kam, brüllte und schrie er aus Leibeskräften. Gleich darauf versank er wieder im Wasser. Offenbar konnte der Mann nicht schwimmen.

Der Erste Offizier schrie wild herum, und die Matrosen und der Kapitän kamen angestürzt. Sie drohten Axel mit der Faust, doch konnten sie ihm nun nicht antun, was sie ihm gerne angetan hätten. Zuerst mußten sie ihren Kunden aus dem Meer fischen.

Es war nichts mehr zu verlieren. Deshalb kamen nun auch die anderen Knickerbocker aus ihrem Versteck, um Axel zu helfen. Ängstlich drängten sie sich aneinander und beobachteten die tolpatschige Rettungsaktion der Matrosen.

„Wir werfen den Rest auch noch ins Wasser!“ schlug Dominik vor. „Unmöglich!“ keuchte Lieselotte. „Dann verstecken wir uns an einem Platz, wo wir von innen zusperren können. Dann sind

wir gerettet!“ meinte Poppi. „Unmöglich, die drehen uns das Wasser ab und wir müssen kapitulieren!“ rief Axel. Verdammt, gab es denn gar keinen Ausweg? War überhaupt keine Rettung in Sicht?

Ein bißchen Zeit blieb ihnen noch. Der Schweizer war nämlich noch immer im Wasser.

Plötzlich schallte eine Stimme von der anderen Seite des Schiffes über das Wasser. Jemand sprach durch ein Megaphon. Er redete dieselbe Sprache wie die Seeleute und schien ihnen etwas zuzurufen. Wie auf Kommando stürzten die vier Knickerbocker an die Reling und brüllten: „Hilfe! Help! SOS! Hilfe!!!“

Aus Backbord war ein schnittiges, kleines Motorboot gekommen. An Bord befand sich ein Mann, der durch eine Flüstertüte sprach und zweifellos der Besatzung des Walfängers etwas zurief. „Hilfe! SOS!“ schrien die vier Freunde und winkten verzweifelt dem Boot näherzukommen. Doch es schien etwas anderes vorzuhaben. Es raste mit hoher Geschwindigkeit zu Steuerbord und stellte sich genau zwischen Wal und Harpune.

„Retten Sie uns! Holen Sie uns von hier fort! Bitteeee!“ brüllte die Knickerbocker-Bande und sprang wie verrückt auf und nieder. Als der Mann bemerkte, womit die Matrosen beschäftigt waren, nahm er zum ersten Mal von der Bande Notiz. „Was ist?“ fragte er auf deutsch. „Wir werden gefangengehalten. Die wollen uns umbringen. Bittc kommen Sie!“ brüllte Lieselotte aus Leibeskräften.

Der Mann schien sie ernstzunehmen. „Springt

auf der anderen Seite ins Wasser!“ rief er ihnen zu und riß das Boot herum.

Wieder wechselten Axel, Lilo, Poppi und Dominik zur anderen Reling. Die Mädchen kletterten ohne zu zögern über das Geländer und ließen sich ins Meer fallen. Das Deck des Walfängers befand sich höchstens drei Meter über dem Wasserspiegel, ein Sprung war daher völlig ungefährlich.

„Los, komm!“ rief Axel Dominik zu. Doch der Junge klammerte sich an der Reling fest und stammelte: „Nein, ... ich ... ich springe nicht.“

„Komm schon, du Doofkopf!“ schnauzte ihn Axel an. Doch Dominik schien blind und taub. Er zitterte am ganzen Körper und ließ nicht locker. Auch im Schwimmbad hatte er sich bisher nicht einmal getraut vom Ein-Meter-Brett zu hüpfen.

Der Kapitän, der bemerkt hatte, was die Knickerbocker taten, hastete mit großen Schritten auf die beiden Jungen zu. „Wenn er uns erwischt, ist alles aus!“ Das wußte Axel genau. Dann hatte der Schiffsbesitzer nämlich ein Druckmittel, um die anderen zur Rückkehr zu erpressen. Sollte er Dominik allein lassen?

Noch ungefähr fünf Meter, dann war der rotgesichtige Hüne (= großer Mann) bei ihnen. Axel erlebte alles wie in Zeitlupe. Er hatte das Gefühl, in einem Horrorfilm mitzuspielen, bei dem es kein glückliches Ende gab.

Doch noch einmal an diesem Tag tat er etwas, ohne lange zu überlegen. Seine Arme handelten völlig von allein. Er packte Dominiks Beine und schleuderte seinen Kumpel über das Metallgeländer. Als der Junge seinen Griff noch immer nicht lockerte, schlug Axel seine Zähne in Dominiks Hände. Mit einem langen Schrei stürzte der Junge ins Wasser. In der nächsten Sekunde folgte ihm Axel. Keinen Augenblick zu früh, denn der Kapitän hatte bereits seine Hände nach ihm ausgestreckt und seinen Rücken berührt.

„Volltrottel . . . Hirni . . . Idiot!" fluchte Dominik und spuckte Salzwasser. „Reg dich ab, Pflaumi", spottete Axel.

Über ihnen tobte der Kapitän und schrie ihnen wilde Dinge nach. Das erkannten die Knickerbocker am Klang seiner Stimme. Der Mann im Boot zog die vier hastig aus dem Wasser, drehte ab und raste mit hoher Geschwindigkeit davon.

„Sie waren unsere Rettung. Diese Wahnsinnigen hätten uns an die Haie verfüttert", sagte Lieselotte zu dem Mann am Steuerhebel. Dieser blickte sie an und nickte. „Dabei wollte ich in erster Linie den Wal retten", meinte er. „Ich habe ihn heute am Morgen durch das Fernglas beobachtet und gesehen, wie sich dieses Schiff zu ihm gedreht hat. Da war mir klar, daß jemand das Tier jagen wollte. Nach einem Luxusdampfer, der seinen Passagieren ein Fotoobjekt präsentierte, hat der Kahn nicht ausgesehen."

„Wie . . . wie wollten Sie den Wal retten?" fragte Poppi. „Genau so, wie es die Naturschützer lange Zeit getan haben. Ich hätte mich mit meinem Boot zwischen Wal und Schiff gestellt. Eine Harpune auf mich abzufeuern, das hätten sich selbst diese Schlächter nicht getraut. Das heißt, ich habe das zumindest gehofft ..." Die Knickerbocker nickten dem Mann bewundernd zu. Das war wirklich mutig.

„Sind Sie vom Festland gekommen?" erkundigte sich Dominik. Innerlich war er noch immer auf Axel wütend, auf der anderen Seite verdankte er ihm seine Rettung. „Blöde Frage", stellte Dominik gleich darauf selbst fest. Weit und breit war kein Streifen Land am Horizont zu entdecken. Dafür erspähte Poppi etwas anderes. „Das ... das gibt's ja gar nicht!" rief sie und deutete nach Osten, wo sich die Sonne über dem Wasser erhoben hatte.

Im Gegenlicht erkannte die Knickerbocker-Bande ein mächtiges Segelschiff, das die Segel eingeholt hatte. Drei nackte Masten ragten nun in den Himmel.

Erstaunlich war aber vor allem die Form des Bootes. „Das sieht aus, als würde es in einem Abenteuerfilm mitspielen", sagte Axel. „Ich meine, das Schiff ist sicherlich alt."

Dominik fiel nun auch ein, wo er dieses Schiff schon einmal gesehen hatte. Christoph Kolumbus war mit so einem Schiff nach Amerika gesegelt. Das war die Santa Maria.

Als er dem Mann seine Überlegungen mitteilte, nickte dieser anerkennend und meinte: „Kompliment, Junge, gut beobachtet. Das Schiff ist eine Nachbildung der Santa Maria. Allerdings ist es viel größer und innen luxuriös ausgestattet. Es heißt Santa Maria II und ist tatsächlich unterwegs in ein großes Abenteuer."

Auf der Santa Maria II

Als rotglühender Ball senkte sich die Sonne langsam auf das Meer zu. Ein Tag auf Hoher See ging zu Ende.

Viel hatten die Knickerbocker-Freunde davon nicht mitbekommen. Gleich nach der Ankunft auf der Santa Maria II hatten alle vier nur einen Wunsch: Sie wollten sich niederlegen und schlafen. Die Aufregungen und Strapazen des vergangenen Tages hatten sie völlig geschafft. Außerdem hatten sie nach ihrer Flucht aus der Kiste kaum ein Auge zugetan und mehr gedöst als geschlafen.

„Bitte verständigen Sie Poppis Eltern auf den Azoren im Hotel Moby Dick“, hatte Lilo den Mann ersucht, der sie von dem Walkutter gerettet hatte. „Das wird nicht einfach sein“, hatte dieser gemurmelt und die Bande zu zwei engen Kajüten geführt, in denen sich Stockbetten befanden.

Es war schon nach sieben Uhr, als die Bande wieder an Deck auftauchte. Außer ihnen und dem Mann schienen sich nur sechs Seeleute auf der Santa Maria II zu befinden. Die Matrosen waren damit beschäftigt, das Steuerruder und die Segel unter Kontrolle zu behalten. Eine steife Brise fegte über die See und trieb das Schiff voran. Das Wasser wurde vom Kiel regelrecht zerschnitten und glitt schäumend an der Bordwand entlang bis zum Heck, wo es sich in einem Strudel vereinigte.

Auf einem offenen Feuer grillte ein Schiffskoch längliche Fleischstücke und dünn geschnittene Kartoffelscheiben. „Holt euch einen Teller, greift zu und laßt es euch schmecken“, forderte sie der Mann auf, den die Knickerbocker vom Morgen her kannten. „Ein kleiner Tip von mir: Nehmt die Finger zum Essen, das ist einfacher, als Besteck zu benutzen.“

Obwohl das Schiff sanft auf und nieder schaukelte, spürte keiner der vier Freunde Seekrankheit. Sie schienen sich bereits an das Schaukeln gewöhnt zu haben und genossen es jetzt, die frische Brise im Gesicht zu spüren.

„Ich darf mich vorstellen“, sagte der Mann mit einer kleinen Verbeugung. „Mein Name ist Christoph. Christoph Jose (sprich: Chose) Armesto. Ich bin der Test-Passagier auf der Santa Maria II!“ Als er das sagte, wurde der Bug des Schiffes von einem Brecher in die Höhe gehoben. Christoph schwankte und stürzte zu Boden. „Seht ihr“, meinte er, als er sich wieder aufrichtete und sein Hinterteil rieb, „genau das soll ich ausprobieren, damit ich die Passagiere warnen kann, wenn die große Fahrt beginnt.“

„Was ist das für eine große Fahrt?“ wollte Poppi wissen. „Die Überfahrt nach Amerika. Wir werden fast die gleiche Route segeln, die Kolumbus genommen hat. Allerdings wird unser Schiff von einem Motor unterstützt, der die Reise ein wenig verkürzt.“

„Wau!“ staunten die Knickerbocker. Das hörte sich tatsächlich nach großem Abenteuer an. „Jetzt brenne ich aber darauf zu erfahren, wie ihr auf diesen Walfänger gekommen seid!" forderte sie Christoph zu einem ausführlichen Bericht auf. Die Knickerbocker lieferten ihn und ließen dabei nichts aus. Vor allem die Sache mit dem Raketen-Startplatz und der versteckten Abschuß-Zentrale schilderte Dominik in allen Einzelheiten. Christoph schüttelte nur immer wieder ungläubig den Kopf und meinte: „Kaum zu fassen. Kaum zu fassen."

„Aber wahr!" sagte Dominik. „Übrigens, wissen Poppis Eltern schon, daß wir wohlauf sind?" Christoph verneinte. „Es tut mir leid, aber das Funkgerät an Bord ist gestört." „Haben Sie gestern meinen Hilferuf empfangen?" wollte Axel wissen. „Erstens sage bitte nicht Sie zu mir", ersuchte ihn Christoph, „und zweitens weiß ich nicht, wovon du redest."

Axel schilderte dem Mann das Funkgespräch, und dieser nickte. „Ich bezweifle, daß dieser Funkspruch überhaupt wo angekommen ist. Wir haben ihn jedenfalls nicht erhalten."

„Aber meine Eltern, ... die sterben sicher schon vor Sorge!" meinte Poppi. „Wie können wir sie benachrichtigen?" Christoph machte ein ratloses Gesicht. „Ich fürchte, im Augenblick überhaupt nicht. Aber spätestens übermorgen in der Früh erreichen wir unseren Heimathafen auf Gran Canaria. Von dort aus werden wir alles erledigen."

Christoph war wirklich ein freundlicher und flotter Mann. Lieselotte schätzte ihn auf vierzig Jahre und reihte ihn zu den Abenteurern ein, die niemals in einem Büro sitzen könnten. Sein Gesicht war von Wind und Wetter gegerbt, wies aber keine Falte auf. Seine Kleidung bestand aus zerfetzten Jeans und einem Pullover, auf dem deutliche Salzränder von der Gischt zu sehen waren.

Der Seebär stopfte sich eine Pfeife und gesellte sich zu den Matrosen und dem Mann, der offensichtlich der Kapitän der Santa Maria II war.

Dominik beschäftigten mehrere Fragen sehr: „Was ist mit Dr. Kraner geschehen? Ob ihn die Männer auch in eine Kiste gesteckt haben?“ fragte er die anderen. Eine Antwort darauf wußte natürlich keiner. „Und wieso sollen die Raketen abgefeuert werden? Warum? Sind sie auf ein Land gerichtet? Haben sie am Ende atomare Sprengköpfe, die verheerendes Unheil anrichten können?“ Lieselotte seufzte tief: „Keine Ahnung, Dominik. Ich möchte auch wissen, wer zu so einem teuflischen Plan überhaupt fähig ist. Diese Waffen können tausende Menschenleben vernichten. Schlimm genug, daß Staaten sich einbilden, ohne Raketen nicht mehr auszukommen. Aber wieso hat jemand privat Waffen?“ Lilo seufzte tief. „Es ist entsetzlich, daß wir die ganze Sache erst übermorgen der Polizei melden können. Die Raketen sollen zwar erst in mehr als einer Woche abgefeuert werden, aber trotzdem ... Je früher sie der Sache nachgehen kann, desto mehr wird sie finden. Hoffentlich hat dieser ‚Kolumbus‘ noch nicht erfahren, daß jemand seine Zentrale entdeckt hat. Sonst kann er viele Spuren vertuschen.“

Axel schien der Gauner mit dem Decknamen

Kolumbus nicht allzusehr aufzuregen. „Leute“, begann er, „bedenkt bitte eines: Wir wissen nur über diesen Karl und diesen Jochen von der Sache. Die zwei haben auch keine Fakten in der Hand, sondern nur Vermutungen. Steigert euch nicht in Wahnsinnsideen hinein, die es vielleicht überhaupt nicht gibt.“

Dominik wollte widersprechen, ließ es dann aber bleiben. Axel konnte recht haben. Wie hieß es doch so schön: Nix genaues weiß man nicht!

Der nächste Tag war mit einem einzigen Wort zu beschreiben: Superspitzenklasse! Die Sonne brannte vom Himmel und heizte die vier Knickerbocker tüchtig auf. Zweimal wurden die Segel der Santa Maria II eingezogen und der Anker herabgelassen. Dann konnten Axel, Lilo, Poppi und Dominik schwimmen gehen. Christoph und der Rest der Mannschaft schlossen sich an.

Übermütig plantschten die Freunde im Meer, tauchten und johlten. Plötzlich aber - bei ihrem zweiten Bad - quietschte Poppi entsetzt auf. „Etwas ... Glattes ... nicht sehr Kaltes ... hat mich gestreift!“ schrie sie. „Das war bestimmt ein Hai!“ meinte Christoph mit todernster Miene. Poppi stieß einen spitzen Schrei aus und kraulte zur Strickleiter zurück, die außen an der Santa Maria II herabhing. „Keine Angst“, beruhigte sie Christoph, „bleib im Wasser. Das war ein Delphin. Hier gibt es zum Glück noch viele Delphine, einige davon sind äußerst zutraulich. Ich habe das schon öfter erlebt, wenn ich in dieser Gegend war. Sie kommen zu dir und begutachten dich.“

Die vier Freunde machten kleine Tempi und blickten rund um sich. Wo war hier ein Delphin? Als wollte er sie ausspotten, steckte einer der freundlichen Meeressäuger seinen spitzen Kopf ungefähr zwanzig Meter entfernt aus dem Wasser und stieß schnatternde Laute aus, die sich nach Lachen anhörten. „Delphine sehen immer so aus, als würden sie lachen!" stellte Dominik staunend fest.

Auch später wurde die Santa Maria II auf ihrer Reise mehrere Male für ein kurzes Stück von Delphinen begleitet. Elegant und geschmeidig schossen die grauen Tiere aus den Wellen und tauchten wieder, fast ohne zu spritzen, ein.

Es war wie im Paradies. Für Stunden vergaß die Knickerbocker-Bande alle erlebten Schrecken und Ängste. Für sie gab es nur Sonne, Meer und Unbeschwertheit. Sie ahnten nicht, daß der schlimmste Teil dieses Abenteuers noch vor ihnen lag.

Was sind Killerkarpfen?

Am nächsten Tag, kurz vor Mittag, legte die Santa Maria II im Hafen von Las Palmas auf der Insel Gran Canaria an. Die Stadt lag am Fuße eines Gebirges, das ein wenig an eine rotbraune Tischdecke erinnerte, die jemand zusammengeschoben und dadurch in Falten geworfen hatte.

Las Palmas bestand aus einem wahren Häusermeer, aus dem sich mehrere Hochhäuser erhoben. Ein Hotel stand hier neben dem anderen. „Am Strand sieht es auch nicht anders aus“, erzählte Christoph. „Er erinnert mich immer an den Grill in einer Würstchenbude. Ein Würstchen neben dem anderen. Doch besitzt Las Palmas auch eine romantische Altstadt, in der sich das Haus befindet, in dem Kolumbus gewohnt haben soll. Feststeht, daß er hier auf Gran Canaria zum letzten Mal an Land gegangen ist, bevor er zu seiner Reise nach Amerika aufbrach.“

„Wobei er nicht wußte, daß er in Amerika landen würde. Kolumbus wollte eigentlich nach Indien. Deshalb hat er die Ureinwohner Amerikas auch INDIaner genannt“, verbesserte Dominik Christoph. „Da hast du schon recht, aber rund um diese Reise gibt es zahlreiche Rätsel, die bis heute nicht gelöst worden sind. Was man allerdings kennt, ist die Liste von Proviant, die Kolumbus geladen hat. Schätzt einmal, wieviel Brot er mitgenommen hat!“

„Dreihundert Kilogramm?“ riet Lieselotte. Christoph lachte. „Weit gefehlt: 1.500 Kilogramm Brot, meistens in Fladenform, wobei die Fladen so hart wie Fliesen waren. Dazu kamen noch über 1.000 Liter Wein, denn das Wasser wurde auf den Schiffen bald faulig, und um den Geschmack zu verbessern, wurde Wein beigemischt. Aber auch Delikatessen wie Honig, Quittengelee, Aprikosen, Mandeln, Rosinen und Feigen wurden geladen.“

Als die Knickerbocker von Bord gingen, blickten sie einander an und lachten. Sie sahen zu komisch aus. Die vier hatten sich nämlich Hosen und Pullover von Christoph und den anderen Matrosen geborgt. Natürlich waren ihnen die Sachen zu groß und schlotterten an ihnen. „Wir müssen sofort zu einem Telefon und Poppis Eltern anrufen“, entschied Lilo. Christoph begleitete sie zu einem Postamt, von wo das am einfachsten möglich war.

Lieselotte nahm das Telefonieren selbst in die Hand. Ungefähr zehn Minuten später trat sie aus dem Postamt zu den anderen, die auf einer Bank im Schatten einer Palme saßen. Dominik und Poppi hatten nämlich ziemliche Sonnenbrände vom Vortag. „Dr. Kraner spielt falsch!“ teilte Lilo ihren Kumpels mit. Christoph, der daneben saß und Pfeife rauchte, meinte: „Das hört sich aber sehr gefährlich an.“

„Ist es auch!“ brauste das Superhirn auf. „Du brauchst dich überhaupt nicht lustig zu machen.“ Sie hockte sich neben die anderen und berichtete der Reihe nach. „Deine Eltern habe ich gar nicht sprechen können, Poppi, da sie einen Ausflug zu einer anderen Azoreninsel unternommen haben. Sie sorgen sich übrigens ganz und gar nicht um uns, obwohl wir schon über drei Tage fort sind."

„Wieso?" fragte Axel erstaunt. Frau Monowitsch war nämlich für ihre Überängstlichkeit bekannt und gefürchtet. „Weil Dr. Kraner sich vor zwei Tagen und auch gestern wieder über ein Funktelefon gemeldet hat und ausrichten hat lassen, daß es uns glänzend geht."

„Wie bitte?" Poppi traute ihren Ohren nicht. „Er hat doch beobachtet, wie wir betäubt worden sind." Axel winkte ab. „Das heißt noch lange nicht, daß er lügt. Vielleicht haben ihn diese beiden Ganoven in ihrer Gewalt und zwingen ihn, das zu tun. Der Grund ist logisch: Poppis Eltern sollen uns nicht suchen."

Lilo schüttelte den Kopf und knetete ihre Nasenspitze. Ein Zeichen dafür, daß sie auf Hochtouren grübelte. „Kann sein, muß aber nicht sein. Vielleicht steckt Dr. Kraner mit den beiden unter einer Decke. Möglicherweise kennt er das Geheimnis dieser Raketen und verschleiert nun alles."

„Aber dann kann er nicht mit den beiden unter einer Decke stecken!" verbesserte sie Axel. Lilo schwieg, weil sie in diesem Gedankengang nicht weiterwußte. Doch sie hatte noch etwas zu berichten: „Ich habe mit der kleinen Dicken von der Rezeption gesprochen, und sie hat mir etwas Irres erzählt. Auf San Miguel hat eine Explosion stattgefunden. In diesem ehemaligen Vulkankrater ist etwas in die Luft geflogen."

„Das Labor!“ rief Dominik. „Ich meine, die Steuerzentrale. Sie wurde vernichtet, damit keine Spuren bleiben, die die Polizei verfolgen könnte.“ Lieselotte sprang auf und rief: „Wir müssen die Polizei trotzdem benachrichtigen und alles genauestens schildern. Wir sind die einzigen, die wichtige Hinweise liefern können.“

Christoph war auch dieser Meinung und suchte mit der Knickerbocker-Bande eine Polizei-Station auf. Zum Glück sprach er nicht nur Deutsch, sondern außerdem auch Englisch, Französisch, Griechisch, Portugiesisch und Spanisch. Da Gran Canaria zu Spanien gehört, wurde hier auch spanisch geredet.

Ein nicht gerade freundlicher Kommissar, der die vier Junior-Detektive ständig vom Scheitel bis zum Strandpantoffel abschätzend musterte, hörte sich ihren Bericht an, den Christoph übersetzte. Von Zeit zu Zeit machte er sich Notizen und brummte unverständliche Worte.

Als die Bande fertig war, ließ er ihr über Christoph ausrichten, daß sie draußen warten sollten. Widerwillig und mißmutig gingen die vier aus dem heißen Zimmer, in dem nur ein uralter Deckenventilator mehr schlecht als recht für Kühlung sorgte. Sie mußten eine Viertelstunde warten, bevor Christoph ihnen folgte.

„Na und? Was ist?“ Erwartungsvoll blickten ihn die Knickerbocker an. Christoph deutete ihnen, nach draußen zu gehen, wo sie ungestört waren. „Ihr habt mit einer sensationellen Treffsicherheit in ein Hornissennest hineingestochen“, berichtete er. „Der Kommissar hat mir etwas erzählt, das mit dieser Raketensache zu tun haben könnte." Vier erwartungsvolle Gesichter hingen an seinen Lippen. „Die Interpol sucht eine Organisation, die sich die Vergrößerung der Ozonlöcher zur Aufgabe gemacht hat."

„Was???" fragten Axel, Lilo, Poppi und Dominik im Chor. „Auf der ganzen Welt dürfen keine Spraydosen mehr verwendet werden, damit das Ozonloch nicht größer wird, und die wollen zusätzliche in die Atmosphäre bohren. Wie wollen die das überhaupt anstellen?"

„Das ist die große Unbekannte, die niemand kennt. Die ganze Sache läuft unter dem Decknamen ‚Killer-Carps', zu deutsch Killerkarpfen. Angeblich will die Organisation die Ozonlöcher auch über dem Eis des Nordpols entstehen lassen. Die Temperatur rund um den Pol würde steigen, das Eis schmelzen und der Meereswasserspiegel steigen. Überhaupt könnten die zusätzlichen Ozonlöcher eine starke Erwärmung der Erde bewirken. Und das ist nur der Anfang: Hautkrebs, Verbrennungen, Dürre, verbrannte Ernten - das alles wären die Folgen."

Die Knickerbocker-Bande war starr vor Schreck. „Die Explosion auf den Azoren wird sofort untersucht und nach Dr. Kraner wird gefahndet", erzählte Christoph weiter. „Aber jetzt kommt ein schwieriger Punkt: Die Kriminalpolizei hat Sorge um euch. Bis jetzt sind eure Spuren verwischt. Die Organisation nimmt an, ihr seid auf Hoher See an die Haie verfüttert worden. Sobald ihr nun auf die

Azoren zurückreist, wissen sie, daß ihr am Leben seid. Ihr habt zweifellos zu viel herausgefunden, und sie würden euch rücksichtslos beseitigen, damit ihr auch bestimmt nicht im Wege steht."

Dominik, Poppi, aber auch Axel und Lieselotte schluckten. Sofort blickten sie sich um, ob ihnen jemand gefolgt war. Sie schwebten nun in Lebensgefahr. „Eure Eltern werden von der Polizei sofort über alles aufgeklärt, wenn sie zurückkehren", sagte Christoph. „Und meine Mutter wird einen mittleren Herzanfall erleiden", seufzte Poppi. „Aber ihr ... nun, die Polizei schlägt vor, ihr sollt morgen mit mir nach Amerika mitkommen. Die beiden Kabinen, die ihr zur Zeit bewohnt, sind ohnehin unbelegt. Natürlich erfahren eure Eltern alles. Aber an Bord der Santa Maria II befinden sich nur erlesene Passagiere, unter denen sich bestimmt kein Gangster verstecken kann. Ihr seid also in absoluter Sicherheit."

Axel, Lilo, Poppi und Dominik berieten sich kurz und meinten dann einstimmig: „Wir kommen mit!"

Sie konnten die Abfahrt der Santa Maria II kaum noch erwarten. Rund um sie lauerte nun überall Gefahr. Jeden Augenblick konnte sich aus dem Hinterhalt ein Verfolger auf sie stürzen.

„Jetzt noch nicht. Jetzt wissen die ... diese anderen ... die Leute, mit denen Dr. Kraner wahrscheinlich zusammenarbeitet, noch nicht, wo wir sind", beruhigte Lieselotte sich und ihre Kumpels. Aber später ...? Was war dann?

Am darauffolgenden Tag, zeitig in der Früh, kamen die Passagiere an Bord. Christoph, der so etwas Ähnliches wie der Reiseleiter war, begrüßte sie. Insgesamt sollten zwanzig Gäste, sechs Besatzungsmitglieder, die Knickerbocker-Bande und Christoph die Reise nach Amerika unternehmen.

Die vier Junior-Detektive standen an der Reling und musterten die Leute, die über den schmalen Steg an Deck balancierten. „Sehen alle ziemlich reich aus“, stellte Axel mit Kennerblick fest. „Das müssen sie auch sein“, meinte Dominik. „Die Fahrt auf der Santa Maria II kostet ein kleines Vermögen. Christoph hat mir gestern den Fahrpreis verraten.“

Frauen wagten sich weniger an Bord als Männer. Die Knickerbocker-Freunde zählten vierzehn Männer und nur sechs Damen. Sie waren alle im Alter zwischen 35 und 65 Jahren und wirkten reserviert und zurückhaltend.

Bei der Ankunft der letzten beiden Fahrgäste gab es einen kleinen, aber umso merkwürdigeren Zwischenfall. Ein älterer Mann in einem äußerst altmodischen, grauen Anzug kam von der linken Seite des Kais. Dominik verglich ihn im Geist mit einer Marionette, bei der die Schulterfäden gerissen waren. Der Mann hatte einen steifen, watschelnden Gang und war durch seine verkrümmte Wirbelsäule gezwungen, weit nach vorne gebückt

zu gehen. Es kostete ihn große Anstrengung, den Kopf zu heben, um geradeaus zu blicken. Meistens starrte er auf den Boden vor seinen Schuhen.

Noch etwas war an ihm auffällig: Trotz der glühenden Hitze hatte er einen Mantel an. Es mußte ihn einige Mühe gekostet haben, die Knöpfe vor seinem überaus runden, fetten Bauch in die Knopflöcher zu zwängen. Sie sahen aus, als wollten sie jeden Moment vom Stoff abspringen.

Von der rechten Kaiseite kam zur gleichen Zeit eine rüstige, überdurchschnittlich große Dame mit tadellos frisiertem, grauem Haar. Dominik erblickte sie und verlieh ihr auf der Stelle den Spitznamen ‚Feldwebel'. Die Idee dazu bekam er durch den Stechschritt der Frau und ihre kerzengerade Haltung. „Wahrscheinlich hat sie einmal folgendermaßen gewettet", überlegte der Junge schmunzelnd. „Wenn ich unrecht habe, schlucke ich einen Besen samt Putzfrau. - Die Putzfrau hat sie dann vielleicht doch bleiben lassen, aber der Besen steckt ihr noch heute im Hals."

Peng! Genau dort, wo der Landungssteg des Segelschiffes auf dem Pier auflag, waren die beiden Passagiere zusammengestoßen. Dabei entglitt dem Mann sein kleiner, schwarzer Koffer, fiel zu Boden und sprang auf. Die Knickerbocker-Bande beugte sich wie auf Kommando weiter über die Reling, um genauer zu sehen, was drinnen war. Das war ihre Detektiv-Neugier, die niemals nachließ.

„Was ist denn das? Hat er seine Klamotten noch ein zweites Mal eingewickelt - oder was?"

brummte Axel. In dem Koffer lagen nämlich weder Hemden noch Hosen und Waschsachen. Da war nur ein festes, graues Paket, das den gesamten Koffer ausfüllte.

Doch auch dem ‚Feldwebel‘ war ein kleines Mißgeschick passiert. Die Dame hatte ihre Handtasche verloren, aus der ein dicker Kranz Knoblauch rutschte. „Spinne ich, oder ist das wirklich Knoblauch?“ zischte Poppi. „Du spinnst nicht!“ antwortete Axel. „Was will die Frau damit? An Bord sind doch keine Vampire!“ meinte das Mädchen. „Keine Ahnung“, flüsterte Axel.

Hastig schloß der Mann seinen Koffer wieder.

Die Frau blickte sich ängstlich um und vergewisserte sich, daß sie auch bestimmt niemand beobachtet hatte. Als sie die grinsenden Gesichter der Knickerbocker-Bande bemerkte, runzelte sie streng die Augenbrauen und stopfte den Knoblauchkranz energisch in die Tasche zurück. „Können Sie nicht besser aufpassen“, schnauzte sie den Mann an.

Christoph versuchte einen Streit zu vermeiden und half den beiden über den schwankenden Steg an Bord. „Herzlich willkommen, Professor Manago“, begrüßte er den Mann. „Ich freue mich, daß Sie dabei sind, Frau Sirena“, sagte er mit einer kleinen Verbeugung zum ‚Feldwebel‘.

„Sirena? Sirena?“ Dominik hatte den Namen schon einmal gehört. „Klar, das ist eine Schriftstellerin. Sie schreibt Reisebücher und Romane.“

„Und wer ist der Opa?“ erkundigte sich Axel bei seinem Kumpel, dem wandelnden Lexikon.

Dominik mußte passen. Er kannte ihn nicht. „Aber in mir kommt der Verdacht auf, daß er ziemlich stinken wird, wenn er keine Kleidung zum Wechseln bei sich hat", meinte er lachend.

Kurz nach zehn Uhr lief die Santa Maria II aus dem Hafen aus und nahm Kurs nach Süden.

Zu Mittag versammelte Christoph alle Passagiere an Bord, stellte die Mannschaft vor und gab einige Regeln für die lange Reise bekannt. „An eines müssen Sie sich alle gewöhnen: Hier an Bord hört jeder auf das Kommando des Kapitäns. Wenn er sagt, Sie sollen über Bord springen, dann springen Sie!" Allgemeines Gelächter. „Das Schiff ist mit jedem Luxus ausgestattet und besitzt eine Meereswasser-Aufbereitungsanlage, in der das Badewasser hergestellt wird. Trotzdem gehen Sie damit bitte sparsam um. Bei Sturm ..." Christoph machte eine kurze Pause und blickte die Männer und Frauen der Reihe nach an, „bei Sturm hat niemand an Deck etwas verloren. Bleiben Sie in Ihrer Kabine und beten Sie!"

Während der Reiseleiter redete, fiel Lieselottes Blick auf den Mann, den er als Professor Manago angesprochen hatte. „He, Poppi", flüsterte sie ihrer Freundin zu. „Fällt dir an dem alten Herrn etwas auf?" Poppi wartete ein paar Sekunden und blickte dann unauffällig hin. „Klar", wisperte sie, „der ist plötzlich viel dünner als vorher." Professor Manago trug jetzt Jeans und ein frischgebügeltes, hellblaues Hemd, das an seinem eher dürren Körper im Fahrtwind flatterte. „Wieso hat der plötzlich so abgenommen, oder ... oder hat er unter dem Mantel etwas an Bord geschmuggelt?" überlegte das Superhirn laut.

„Und wenn ich rede, dann ersuche ich um Aufmerksamkeit, da ich mich nicht heiser schreien möchte!" ertönte Christophs Stimme genau über den Köpfen der beiden Mädchen. So streng und hart hatten die zwei ihn noch nie erlebt. Sie nickten schuldbewußt und beschlossen, so schnell wie möglich Axel und Dominik von ihrer Beobachtung zu berichten.

Doch die Jungen wollten davon nichts wissen. Beide hatten mehr Angst vor den geheimnisvollen, möglichen Verfolgern gehabt, als sie je zugegeben hätten. Sie fühlten sich auf offener See sicher und hatten keine Lust auf neue Nachforschungen. Nun war Erholung und Seemannsabenteuer angesagt – Ende, aus!

Axel nützte die Gelegenheit und ließ sich vom Kapitän des Schiffes einige Navigationsgeräte erklären. Damit war die Santa Maria II nämlich bestens ausgerüstet. Dominik beobachtete, wie die Segel aufgezogen und eingeholt wurden, und blickte den Möwen nach, die laut kreischend das Schiff verabschiedeten, bevor sie zum Land zurückkehrten.

Eine aufregende Fahrt begann. Eine Fahrt, die der Knickerbocker-Bande viel mehr Abenteuer bringen sollte, als sich die vier zu Beginn der Reise erwarteten ...

Neue Angst

Die Tage an Bord der Santa Maria II waren einfach sensationell. Obwohl die anderen Passagiere nicht sehr redselig waren und die meiste Zeit nur in Büchern lasen, auf das Meer hinausblickten oder schliefen, wurde der Knickerbocker-Bande niemals langweilig.

Sooft sich Gelegenheit bot, schwammen sie im Meer. Dabei machten sie zwei Tage nach der Abfahrt eine interessante Entdeckung: Sie befanden sich in einem Teil des Atlantiks, wo das Seewasser viel weniger salzig schmeckte. Wenn sie sich von der Sonne und dem Wind an Deck trocknen ließen, bildeten sich kaum weiße Salzkristalle auf ihrer Haut.

„Das Leben an Bord der echten Santa Maria ist mit unserem Komfort nicht zu vergleichen", erzählte Christoph. „Es muß alles ziemlich dreckig gewesen sein und gestunken haben. Das Deck wurde jeden Tag mehrere Male von den Matrosen mit Meerwasser übergossen, damit die Holzbalken in der Sonne nicht völlig austrockneten und sprangen. Der Teer, mit dem die Fugen abgedichtet waren, wurde in der Hitze natürlich weich und blieb an den Fußsohlen kleben. An Bord des Schiffes, das ungefähr nur ein Drittel so groß war wie die Santa Maria II, drängten sich 50 Menschen."

Kichernd stellte Poppi eine Frage, die sie schon

lange beschäftigte: „Gab es damals schon ein Klo?“ Christoph lachte schallend. „Nein, nur ein Seil, an dem du dein Hinterteil über die Reling gehängt hast.“ „War das Matrosenleben aufregend?“ wollte Axel wissen. Der Seemann mit dem wettergegerbten Gesicht fuhr sich durch das salzverkrustete Haar und schüttelte den Kopf. „Nein, nach kurzer Zeit verfielen die Seeleute in einen sonderbaren, dumpfen Zustand. Sie dachten nicht, sondern führten nur Befehle durch. Ihr Tag bestand nur aus Essen, Schlafen, und dem Glasen - so nannte man das halbstündliche Anschlagen der Schiffsglocke. Nach acht Glasen - also vier Stunden - wechselten die Wachen.

Damals haben die Matrosen nur auf dünnen Matten, direkt auf den harten Holzplanken unter Deck geschlafen. Dicht nebeneinander gedrängt. Kajüten gab es nur für die höchsten Leute an Bord. Die Hängematte lernten die Seeleute erst bei den Eingeborenen auf den Bahamas kennen, und bald waren sie auch auf den Schiffen üblich.“ Christoph paffte seine Pfeife und blickte zu den beiden Burschen hinauf, die durch die Takelage kletterten und die Taue der Segel kontrollierten. „Überhaupt war das Seemannsleben hart“, setzte er seine Schilderung fort. „Die Haut wurde durch das Wasser aufgeweicht und schwielig und durch die Sonne verbrannt. Die Kleidung war nach kurzer Zeit durch das Salz des Meerwassers steinhart und bockig.“

„Da . . . da schwimmt ein Stein!“ meldete Axel. „Ein grüner Stein! Backbord voraus!“ Christoph sprang auf und starrte entsetzt in die angegebene Richtung. Falls es sich um ein Riff handeln sollte, bestand für die Santa Maria II höchste Gefahr. Wenn sie auflief und ein Leck bekam, würde sie innerhalb weniger Minuten sinken. Christoph schwang sich an einem Seil der Takelage empor und kam gleich darauf wieder zurück. Er schien erleichtert zu sein. „Entwarnung!" rief er. „Das ist nur eine Meeresschildkröte. Es kommen noch mehrere auf uns zu."

Es war ein großartiges Schauspiel, die mächtigen, grünlich schimmernden Riesenschildkröten zu beobachten, wie sie gemächlich - ohne Hast oder Eile - durch das Wasser ruderten. Einige Stunden später entdeckten die Knickerbocker die Purpursegel von Quallen im Wasser, die nur aus dünnen Schleiern zu bestehen schienen. Wie Unterwasser-Elfen glitten sie dahin.

Zum Staunen brachte sie auch das Sargassomeer, das Kolumbus bei seiner Überfahrt glauben gelassen hatte, daß er sich in der Nähe von Land befand. Auf der Oberfläche des Wassers tauchten plötzlich riesige Tangwälder auf. Zum großen Erstaunen der Knickerbocker steuerte der Kapitän die Santa Maria II aber direkt hinein. „Werden wir nicht steckenbleiben?" fragte Dominik ängstlich. Christoph, der die Frage gehört hatte, verneinte. „Diese Angst hatten die Seefahrer früher auch. Aber der Tang schwimmt an der Oberfläche und besitzt keine Wurzeln. In ihm tummeln sich Krabben und Schnecken, und er ist mehr als halb so groß wie die USA!"

Staunend blickten die vier Freunde auf den olivgrünen Teppich, der an manchen Stellen golden schimmerte und sich wie eine riesige Wiese über das Meer erstreckte. Die Welt war voll Wunder!

Am siebenten Tag ihrer Reise zog auch bei den Knickerbockern zum ersten Mal Langeweile auf. Die vier hatten alles ausprobiert und erkundet, was es an Bord nur auszuprobieren oder zu erkunden gab. Was jetzt?

Dominik kramte in seinem Seesack, den ihm Christoph vor der Abreise von Gran Canaria gekauft hatte. Damit sie nicht ständig dieselben Hosen und T-Shirts tragen mußten, hatte sie der Seemann mit neuen Klamotten ausgestattet. Dominik wollte aber unter keinen Umständen auf Lesefutter verzichten und hatte sogar drei deutsche Bücher aufgetrieben. Nun beschloß er, sich dem Lesen zu widmen.

Als er eines der Bücher auspackte, verstand Dominik, wieso er die Schriftstellerin Sirena schnell erkannt hatte. Er besaß ein Buch von ihr. „Liebesgrüße von der Teufelsinsel" lautete der Titel. Der Junge drehte es um und betrachtete das Schwarz-weiß-Foto der Autorin, das auf der Rückseite abgedruckt war. Dominik war kein Mensch von schnellen Verdächtigungen. Doch ihm kam etwas überaus seltsam vor, deshalb begab er sich an Deck, wo er die Schriftstellerin vermutete. Als er sie dort nicht fand, klopfte er an die Tür ihrer Kabine. „Ja, wer ist da?" rief sie unwirsch. „I ... ich", stammelte Dominik. Ohne aufgefordert zu werden, öffnete er die Tür. Frau Sirena saß auf der

Kante ihres schmalen Bettes und hatte einen Schminkkoffer auf den Knien. Als der Junge eintrat, schleuderte sie mit einem Ruck den Deckel zu. „Ich habe nicht herein gesagt“, meinte sie spitz. „Entschuldigung“, flötete Dominik und setzte sein unschuldigstes Gesicht auf. „Aber ich lese gerade ein Buch von Ihnen und wollte Sie um ein Autogramm in das Buch bitten.“

„Nein!“ schnauzte ihn die Frau an. Dominik erschrak. Mit so einer heftigen Reaktion hatte er nicht gerechnet. „Oder vielleicht ... später, aber jetzt laß mich allein!“ schwächte Frau Sirena ihre Worte ab und scheuchte den Jungen aus der Kabine. Hinter ihm sperrte sie die Tür ab.

Dominik war nun sicher. Er stürmte an Deck und legte sich neben Lilo, die dem Flattern der Segel zusah. „Horch her, ich habe eine Entdeckung gemacht!“ keuchte er. „Ich auch“, säuselte Lieselotte, „das Wetter wird schlechter.“ Dominik schnaubte wütend. „Rede kein Blech“, schimpfte er. „Diese Schriftstellerin, Frau Sirena, oder um genau zu sein, Frau Sabrina Sirena, ich glaube, das ist gar nicht sie!“ Lieselotte richtete sich auf und blickte ihn überrascht an. „Wie kommst du darauf?“ Dominik zog das Buch heraus und deutete auf das Foto. „Das ist mir aufgefallen, die Nase und die Wangen, bei der Frau Sirena an Bord ist die Nase kleiner und die Wangen sind anders. Dabei ist dieses Foto neu. Darunter steht ‚Die Schriftstellerin bei der Print-Panther-Preisverleihung‘. Der Print-Panther ist eine Art Oscar für Autoren und heuer im Februar zum ersten Mal verliehen worden.“

Lieselotte knetete ihre Nasenspitze. Die einzige Folgerung, die sich aus diesem Bericht ihres Kumpels ergab, war, daß die Frau an Bord eine Doppelgängerin war. Nun fiel dem Superhirn auch wieder die merkwürdige Abmagerung von Professor Manago ein. Wieder überkam sie Angst. Irgendwo auf dieser Welt gab es Leute, die der Knickerbocker-Bande absolut nichts Gutes wollten. Die vier Junior-Detektive hatten durch Zufall ihre Wege gekreuzt und ihre Pläne ein wenig ins Wanken gebracht, und das duldeten die Mitarbeiter von ‚Kolumbus' nicht. Sollte sich nun einer von ihnen an Bord befinden?

Bei den anderen Passagieren war den scharfen Beobachtern nichts aufgefallen. Nur Professor Manago und Frau Sirena schienen etwas zu verbergen zu haben.

Gegen die Angst gab es nur ein Gegenmittel: Klarheit. Sie mußten so schnell wie möglich mehr erfahren.

Am Abend, als sich die Fahrgäste schlafen gelegt hatten, gesellten sich die Knickerbocker zu Christoph, der Position am Heck beim Steuerruder bezogen hatte. Der Wind blähte die Segel und ließ sie flattern und brausen. Die Matrosen würden sie allerdings bald einholen und in der Nacht mit dem Motor weiterfahren.

„Was ist denn mit euch los? Ist euch der Klabautermann über den Weg gelaufen?" erkundigte sich der Seebär, als er die bedrückten Gesichter der vier Freunde sah. Lieselotte schilderte ihm die Beobachtungen, die sie gemacht hatten, und ihren

Verdacht. „Wir ... wir haben Angst, verstehst du", beendete sie den Bericht. „Es kann natürlich alles nur Einbildung sein, aber genausogut können wir auch in Lebensgefahr schweben. Die gefährlichsten Agenten sind oft als harmlose Leute getarnt."

Christoph lachte nicht, sondern nahm die Bande sehr ernst. „Wir finden heraus, ob einer der beiden falsch spielt oder nicht. Verlaßt euch darauf", versprach er. „Vielleicht solltest du die Polizei anfunken und fragen, ob irgend etwas bekannt ist. Ich meine, vielleicht kann sie herausfinden, ob Professor Manago wirklich abgefahren ist. Ist doch möglich, daß der echte zu Hause sitzt!"

Christoph schüttelte den Kopf. „Das Funkgerät ist leider schon wieder gestört. Keine Ahnung, was mit dem Ding los ist."

„Dann nehmen wir die Sache selbst in die Hand", entschied Lieselotte.

Als sie das sagte, wurde ihr plötzlich ein harter Gegenstand auf den Rücken geschleudert. Erschrocken wirbelte das Mädchen herum.

Hinter Lilo befand sich nur ein kleines Stück Deck, dann die Reling und dann bereits das Meer. Es war niemand zu sehen.

Das Mädchen blickte zu Boden und entdeckte einen dunklen, flaschengroßen Gegenstand. Als es sich danach bückte, begann er zu zappeln und zu springen. Lilo zog die kleine Taschenlampe heraus und leuchtete ihn an.

Christoph lachte. Schweigend hatte er das Mädchen beobachtet und sich gut unterhalten. „Das ist nur ein Fliegender Fisch!“ beruhigte er Lieselotte. „In dieser Gegend kommen sie öfter vor, und da unser Schiff ziemlich tief im Wasser liegt, springen sie bis an Bord!“ Wie auf Kommando sausten in dieser Sekunde schon die nächsten über die Reling. Obwohl diese Fische nicht wirklich fliegen konnten, schafften sie es doch, hoch aus dem Wasser zu hüpfen und mit Hilfe ihrer Seitenflossen ein gutes Stück durch die Luft zu segeln. Christoph wollte die Fische für die Kombüse fangen, doch Poppi machte ihm einen Strich durch die Rechnung und beförderte alle wieder ins Wasser.

Am nächsten Morgen stieg die ‚Operation Manago‘. Die vier Knickerbocker blieben so lange in ihren Kabinen, bis sie ein leises Klingeln hörten. Axel hatte nämlich am Vorabend drei kleine Glöckchen entdeckt, die ein Matrose an einer

Kette um den Hals trug. Der Junge borgte sie sich aus und befestigte sie an der Kabinentür von Professor Manago.

Die halbe Nacht waren die vier Freunde wach auf ihren Betten gelegen und hatten gelauscht, ob der alte Mann vielleicht seine Kajüte verließ. Das Gefühl in ihren Magengruben war mulmig und flau. Sie wollten wissen, wo ihre Feinde saßen.

Axel öffnete seine Kabinentür einen winzigen Spalt und spähte auf den Gang hinaus. Der alte Mann humpelte, in einen zerschlissenen Morgenmantel gewickelt, zur Badekoje. Für die zwanzig Passagiere gab es nur zwei ‚Badezimmer' an Bord; eines für die Damen und eines für die Herren.

„Wo hat der plötzlich einen Bademantel herbekommen?" wunderte sich der Junge. Überhaupt besaß der Professor einiges an Kleidung, aber wie hatte er sie an Bord gebracht? Im Koffer konnten sich die Sachen nicht befunden haben.

Kaum war der Mann hinter der Badekabinentür verschwunden, huschte Axel auf den Gang hinaus und steckte einen Metallstift von außen in ein kleines Loch neben dem Türknauf. Nun war das Schloß blockiert, und der Professor saß in der Falle. In aller Ruhe konnten die Knickerbocker seine Kajüte untersuchen.

Diese Aufgabe übernahmen Lieselotte und Poppi. Sie versuchten, dabei möglichst wenig Geräusche zu verursachen und alles wieder an seinen angestammten Platz zu legen. Der Professor durfte unter keinen Umständen bemerken, was geschehen war.

„Der hat tatsächlich drei Hosen, Unterwäsche, vier Hemden und zwei Pullover im Schrank liegen“, staunte Poppi. Lilo kniete auf dem Boden und war mit den Schlössern des Koffers beschäftigt. Sie waren abgesperrt und ließen sich nicht öffnen. Am Gewicht des Koffers bemerkte sie aber, daß sich in seinem Inneren etwas befinden mußte.

Hastig stöberte das Mädchen nun zwischen den Kleidungsstücken herum und fingerte in den Taschen nach den Schlüsseln. Sie waren nicht zu finden. „Ich verlasse die Kabine erst, wenn ich weiß, was der Typ in seinem Koffer trägt!“ schwor das Superhirn.

Ein schriller, langer Pfiff ließ die beiden Mädchen aufschrecken. Wieso warnten sie Axel und Dominik?

„Los, alles an seinen Platz zurück“, kommandierte Lieselotte. „Wir dürfen keine Spuren hinterlassen!“

Wieder pfiff Axel. Diesmal noch lauter und noch länger. Das bedeutete: Alarmstufe rot! Aber wieso? Am Abend hatten die Knickerbocker mit Christoph vereinbart, daß er sich lange Zeit lassen würde, um den Professor aus dem Bad zu befreien. Auf jeden Fall so lange, bis die Mädchen das Zimmer verlassen hatten.

Poppi und Lilo ließen noch ein letztes Mal ihren Blick über das Innere der Kabine streifen und griffen nach dem Türknauf. In diesem Moment wurde die Tür nach innen aufgestoßen und knallte Poppi gegen die Nase. Das Mädchen schrie auf und spürte, wie Blut aus seinen Nasenlöchern tropfte.

Von außen drückte jemand ungeduldig und rücksichtslos die Tür auf und drängte die Mädchen zum Bullauge hin. Lieselotte blieb fast das Herz stehen. Sie starrte in die kleinen, zusammengekniffenen Augen des Professors, der mühsam seinen Kopf gehoben hatte und sie wütend anfunkelte. „Diebe! Kleine Diebe! Kapitän, Hilfe!" kreischte er nun aus voller Kehle. Er schlug die Tür wieder zu und blieb davor stehen. „Kapitän! Herr Sheldon!" Sheldon war der Familienname von Christoph, der auch als erster gelaufen kam.

„Es muß sich um einen Irrtum handeln", versicherte Christoph dem Mann immer wieder. „Irrtum", schimpfte der Professor. „Für wie dämlich halten Sie mich? In der Nacht hat jemand Glöckchen an meiner Kabinentür angebracht, und als ich ins Bad gegangen bin, wollte jemand das Schloß blockieren. Ich bin vielleicht alt, aber nicht auf den Kopf gefallen. Ich habe den Nagel einfach von innen mit einem Wattestäbchen durchgestoßen und bin zu meiner Kabine zurück, wo diese beiden Gören drinnen sind. Sie wollen mich bestehlen!"

„So?" Christophs Stimme war mit einem Schlag kalt und scharf. „Dann muß ich Sie nun bitten, mir zu erklären, was Sie Wertvolles mit sich führen?" Der Professor schwieg einige Sekunden und meinte dann: „Versprechen Sie, es niemandem weiterzusagen?" Christoph versprach es. „Dann zeige ich es Ihnen jetzt. Aber die Gören müssen hinaus." Der Seemann erklärte Professor Manago nun, daß die ‚Gören' weder gefährlich waren, noch lange Finger besaßen. Christophs Überredungskunst funktionierte. Der alte Mann lud nun auch Axel und Dominik zu sich ein.

Zu sechst standen sie in die Kabine gezwängt und fühlten sich wie Sardinen in der Dose. Der alte Mann war zwar verkrüppelt, aber bedeutend geschickter und beweglicher, als er auf den ersten Blick wirkte. Er hob den Koffer auf sein Bett, zog die Schlüssel aus dem Bademantel und ließ die Schlösser knackend aufspringen.

Behutsam holte er den kantigen Gegenstand heraus, der in eine graue Decke gewickelt war. Als er ihn enthüllte, kam ein Metallkasten zum Vorschein. Wieder öffnete der Mann zwei Schlösser und klappte den Deckel auf. In roten Samt gebettet lag ein Medaillon, das die Form einer altmodischen, eierförmigen Taschenuhr hatte. Unter dem gewölbten Glas befand sich eine goldene Kapsel mit winziger, eingravierter Inschrift.

Die Enttäuschung der Knickerbocker-Bande war groß. Deswegen hatten sie sich geängstigt? „Was ist denn das?“ fragte Axel naserümpfend.

„Das ist weitgereister Staub“, verkündete der Professor mit feierlicher Stimme. „Vor über 100 Jahren wurde in Santo Domingo (einer Stadt in der heutigen Dominikanischen Republik) in einer Gruft ein Sarg entdeckt, der die letzte Ruhestätte von Christoph Kolumbus sein dürfte. In ihm befand sich allerdings nur noch ein wenig Staub, der in zwei Medaillons gefüllt wurde. Dieses eine davon ist in meinen Besitz gelangt, und ich wollte dem großen Seefahrer zu Ehren nach 500 Jahren noch einmal die Reise unternehmen, die er damals gewagt hat.“

Liebevoll streichelte Professor Manago über das etwas makabere Schmuckstück. Die Knickerbocker-Bande versuchte, sich das Lachen zu verbeißen, aber so ganz gelang es ihnen nicht. „Respektlose Jugend!“ schimpfte der Professor. „Entschuldigung, das war nicht böse gemeint!“ sagte Lieselotte. „Wir lachen mehr aus Erleichterung. Meine Kumpels und ich haben große Ehrfurcht vor diesem ... hm ... Rest von Kolumbus.“

Poppi konnte sich nicht zurückhalten und platzte in diese feierlichen Minuten mit einer sehr direkten Frage: „Bitte, wo haben Sie Ihr Gewand versteckt gehabt?“ wollte sie wissen. Professor Manago wurde mit einem Schlag sehr verlegen. „In den Reisebedingungen stand, daß nicht mehr als ein Gepäckstück an Bord gebracht werden sollte. Mein Koffer war aber schon mit meinem Schatz gefüllt. Aus diesem Grund habe ich alle Kleidung, die ich benötige, übereinander angezogen und alles mit einem Mantel verdeckt.“

Jetzt konnten sich die Mädchen auch die mysteriöse Abmagerung des Professors erklären. Auch Christoph mußte nun schmunzeln. Der alte Mann war zu schrullig und hatte den Text des Prospektes einfach zu wörtlich genommen.

Die Erleichterung der Bande war unbeschreiblich. Nun blieb nur noch die Schriftstellerin Sirena zu überprüfen. Bei ihr würde es allerdings nicht so einfach sein.

Schatzsuche mit schrecklichem Ende

Die Seefahrt verging wie im Fluge. Christoph Kolumbus war am 6. September 1492 von Gran Canaria abgefahren und am 12. Oktober auf der Insel San Salvador gelandet.

Die Santa Maria II benötigte für dieselbe Strecke bedeutend weniger Zeit. Allerdings war sie auch mit einem Motor und den modernsten Navigationsgeräten (= Steuer- und Orientierungsgeräten) ausgestattet. Am elften Tag nach ihrer Abfahrt von Las Palmas landeten sie ebenfalls auf den Bahamas. Von dort aus kreuzten sie zur Insel Inagua, von wo sie nach Florida weiterreisen sollten.

Erst jetzt gelang es den Knickerbockern, mit dem Kapitän ins Gespräch zu kommen. Er hieß Manuel Rodriguez und war ein schlanker, aber zäh und ausdauernd wirkender Mann mit einem auffallend kantigen Gesicht. Über dem verkniffenen Mund prangte eine rote Hakennase.

Manuel war gerade damit beschäftigt, das Funkgerät zu reparieren, als sich die vier Freunde zu ihm gesellten. Er sprach nur gebrochen Deutsch, hatte an diesem Tag aber das Bedürfnis nach Ansprache. „Blödes Zeug, alles Mist!“ schimpfte er. „Immer kaputt. Ständig ich muß schrauben und löten.“

„Wieso ist es nicht möglich, auf einem luxuriösen Schiff wie diesem ein intaktes Funkgerät zu installieren?“ wollte Dominik wissen. Doch dieser Satz war für Manuel zu kompliziert, und die anderen Knickerbocker mußten ihn dem Kapitän erst erklären. „Gute Frage!“ lautete seine kurze Antwort, in der sein Ärger nicht zu überhören war.

„Wollt ihr nicht tauchen nach Schätzen?“ fragte er plötzlich. Als er die erstaunten Gesichter von Lilo, Poppi, Dominik und Axel sah, lachte er und meinte: „Das nicht Seemanns-Faden.“ Die Junior-Detektive hoben erstaunt die Augenbrauen. Wovon redete der Mann? „He, ich weiß es“, rief Dominik. „Er meint SeemannsGARN!“ Es folgte allgemeines Gelächter, und dann schilderte Manuel den Junior-Detektiven in den glühendsten Farben, welche Schätze rund um die Bahamas auf dem Meeresgrund lagen. „Hier sind früher die spanischen Schiffe gefahren, voll beladen mit Gold und Smaragden aus Mexiko. Dort die Spanier haben geplündert und gemordet. Doch Gold oft brachte ihnen kein Glück. Viele Schiffe sind auf Riffe aufgelaufen und gesunken. Andere wurden von Piraten geplündert. Und wieder andere sind im Sturm untergegangen. Hier auf Meer bilden sich oft Hurrikans. Wirbelstürme, die Schiff wie Santa Maria II auseinanderbrechen können.“

Poppi schluckte und blickte zum Himmel. Er war strahlend blau und von einem Sturm keine Spur. Sie konnte wieder aufatmen.

„Manchmal werden Goldmünzen an Strände der Bahamainseln gespült. Auch in der Erde sind viele Piraten-Schätze vergraben. Aber das meiste

Gold liegt auf dem Meeresgrund. Vor 300 Jahren hat ein spanischer Kapitän 26 Tonnen Gold vom Meeresgrund heraufgeholt!"

Mit offenen Mündern lauschten die vier Abenteurer, die von Wind und Sonne dunkelbraun waren. Manuel beugte sich zu ihnen und sagte geheimnisvoll: „Heute wir kommen zu Stelle, wo Schatz liegen soll. Kollege von mir hat mir Karte gegeben, auf der Schatz eingezeichnet. Könnt ihr tauchen?"

Alle vier Knickerbocker nickten. Zu Beginn der Sommerferien hatten sie alle einen Tauchkurs gemacht. „Vielleicht passen euch Taucheranzüge, die wir haben an Bord? ... Dann ihr könnt Schatz suchen", schlug Manuel der Bande vor. Axel, Lilo, Poppi und Dominik waren platt. Das war ja gigantisch. Sie hatten die Möglichkeit, einen echten Schatz zu suchen. „Vielleicht ist es ein Piratenschatz, der von einem Skelett bewacht wird", meinte Dominik und senkte beim Sprechen seine Stimme. „Hör auf, sonst komme ich nicht mit!" rief Poppi. „Keine Bange, Mädchen", beruhigte sie der Kapitän, „Skelette gibt es nicht mehr. Alle schon zerfallen. Höchstens ein paar Knochen ihr könnt finden."

Am frühen Nachmittag hatten die Knickerbocker-Freunde dann die Taucheranzüge angelegt, die Preßluftgeräte umgeschnallt und die Taucherbrillen angepaßt. Alles saß, als wäre es für sie angefertigt worden.

Rücklings hatten sich die Knickerbocker schließlich ins Wasser fallen lassen und Christoph und den anderen Passagieren, die sich an der Reling versammelt hatten, noch einmal zugewinkt. Danach tauchten sie ab in das kristallklare, wundervolle Wasser der Bahamas. Das Meer war an dieser Stelle nicht sehr tief, und schon bald trafen sie auf buntschillernde Korallenriffe, tropische Fische, die man sonst nur im Aquarienhaus des Tiergartens sah, und sich langsam hin- und herwiegende Wasserpflanzen. Es war eine Wunderwelt unter Wasser, der sie in diesen Minuten aber nur wenig Aufmerksamkeit schenkten. Ihre Augen waren nur auf versunkene Schiff-Wracks und Schatztruhen eingestellt. Was geschah, als sie tatsächlich eine alte Kiste entdeckten, das wißt ihr bereits.

Doch nun zurück auf die Santa Maria II. Der Schreckenstag neigte sich dem Ende zu. Die Sonne würde bald versinken.

An Deck hatten sich die Knickerbocker wieder versammelt, um zu besprechen, was weiter geschehen sollte. „Wasser und Lebensmittel haben wir noch für ungefähr fünf Tage“, meldete Dominik.

„Funktionierendes Funkgerät habe ich keines gefunden, aber dafür habe ich am normalen Funkgerät etwas Seltsames festgestellt“, berichtete Axel. „Was?“ wollte Lieselotte wissen. „An der Rückseite hängen einige Kabel mehr als seltsam herunter. Es sind auch Steckdosen frei. Auf mich macht das Ganze den Eindruck, als hätte jemand die Drähte einfach herausgerissen. Ich werde versuchen, das Ding wieder in Gang zu setzen.“

„Sehr gut", lobte Lilo. „Und wer lobt mich?" dachte sie im stillen. Im Augenblick hatte sie die Aufgabe, ihre Kumpels zu beruhigen, damit sie nicht in Panik gerieten. Am liebsten hätte das Mädchen aber selbst losgebrüllt und einmal richtig geheult. Danach war ihm jetzt nämlich zumute. In den Bergen wußte Lilo in jeder Lage, was zu tun war. Auf offener See - wo weit und breit kein Land in Sicht war - fühlte auch sie sich hilflos und unendlich allein. „Gut", wiederholte Lilo. „Die Durchsuchung der Passagier-Kabinen hat kein Ergebnis gebracht. Ich schlage deshalb folgendes vor: Axel, du kümmerst dich um das Funkgerät. Wir - Poppi, Dominik und ich - versuchen, den Motor anzuwerfen. Außerdem werde ich mich mit der Seekarte beschäftigen. Vielleicht gelingt es mir, unsere Position festzustellen und einen Kurs zu bestimmen, der uns zur nächsten Insel bringt."

„Position feststellen, kein Problem!" sagte Axel großspurig. Er sprang auf und marschierte zum Steuerrad. Dort befanden sich auch die übrigen Orientierungsgeräte. Axel hatte sich während der Fahrt jedes einzelne Gerät genau erklären lassen und den Seeleuten Löcher in den Bauch gefragt. Er war wirklich mit jedem Instrument bestens vertraut. Als er nun daraufsah, traf ihn allerdings fast der Schlag. „Was ist denn?" fragte Poppi, als sie das Entsetzen in seinem Gesicht bemerkte. „Die ... die spinnen alle komplett. Sie drehen durch!" stöhnte Axel. Tatsächlich wirbelte zum Beispiel die Kompaßnadel wie ein Kreisel über die Windrose. Es war unmöglich, die Himmelsrichtung zu bestimmen. Auch die anderen Geräte lieferten irrwitzige Ergebnisse und Anzeigen.

„Ich ... ich will euch keine Angst machen", sagte Dominik langsam, „aber genau das wird auch in meinem Buch über das Bermuda-Dreieck beschrieben." Lilo war ziemlich blaß im Gesicht geworden. „Okay, schieß los, worauf müssen wir uns noch gefaßt machen? Es ist besser, wir wissen, womit wir zu rechnen haben und können uns wehren!"

„Einige Male wurden Schiffe verlassen angetroffen, so wie wir die Santa Maria II vorgefunden haben. Als eine Rettungsmannschaft an Bord ging, trieb das Boot plötzlich ab. Als es wieder auftauchte, war auch die Rettungsmannschaft fort. Sie ist nie wieder gesehen worden."

Schweigen. Ein unglaubliches Gefühl der Machtlosigkeit überkam die Junior-Detektive.

„Ein Seemann hat seine Begegnung mit dem Bermuda-Dreieck überlebt und folgendes erzählt: Er ist in der Nacht munter geworden und hat bemerkt, daß er sich samt seinem Fischkutter ungefähr zehn Meter unter Wasser befand. Trotzdem gelang es ihm, an Deck zu kommen, das staubtrocken war. Das Fischerboot war nämlich in einem gigantischen Strudel nach unten gezogen worden. Die Strudelwände waren glatt und glänzten wie Glas. Der Seemann hat ein Seil entdeckt und ist daran hinaufgeklettert. Es gehörte zu einer Boje, die an dieser Stelle des Meeres befestigt war. An der Wasseroberfläche herrschten absolute Windstille und eine sternenklare Nacht. Doch der

Strudel hat seinen Kutter nicht mehr hergegeben, sondern verschluckt. Am nächsten Tag hat ein vorbeikommendes Schiff den Kapitän gerettet."

„Genug!" entschied Lieselotte. „Das reicht. Wem irgend etwas Ungewöhnliches auffällt, der pfeift sofort unseren Pfiff - einmal kurz, einmal lang - und ruft die anderen."

Eine halbe Stunde später waren die Mädchen und Dominik vom Kopf bis zu den Zehen schwarz vom Maschinenöl. Den Motor in Gang zu bringen, hatten sie allerdings noch immer nicht geschafft. Sie widmeten sich gerade einem neuen Schaltkästchen, als ein schriller Pfiff vom Deck her zu ihnen drang. Axel! Axel rief um Hilfe. Was war geschehen?

Zuerst zögerten sie einen Augenblick aus Angst vor der unbekannten und unberechenbaren Gefahr. Dann aber stürzten sie fast gleichzeitig durch die schmale Tür und stolperten an Deck.

„Es funktioniert wieder, ich habe es in Gang gebracht!" jubelte der Junge. „Wir können Kontakt mit einer anderen Funkstation, vielleicht sogar einem anderen Schiff aufnehmen und Hilfe rufen!" Vor Freude begannen die Knickerbocker zu jubeln und zu johlen und tanzten über das Deck um das Funkgerät.

Axel schaltete es ein und suchte zuerst nach der richtigen Welle. Ein Matrose hatte ihm einen günstigen Empfangs- und Sendebereich gezeigt, den er nun einstellte. Die Funkersprache beherrschte er allerdings leider nicht, deshalb plapperte er einfach los: „SOS! SOS! Wir brauchen Hilfe!" rief er in das kleine Mikrophon, das mit einem Kabel seitlich am Gerät befestigt war. Eine Männerstimme, die Englisch sprach, antwortete. Wieder stimmten Dominik, Poppi und Lieselotte ein Jubelgeheul an. „Haltet die Schnauzen, sonst verstehe ich nichts!" fuhr sie Axel an. Mühsam kratzte er seine Englischkenntnisse zusammen und versuchte, sich zu verständigen. Doch der Mann am anderen Ende der Ätherwelle sprach schnell und mit einem seltsamen Akzent. Er verstand kaum etwas. „SOS! Bermuda-Triangel, Santa Maria II", rief der Junge immer wieder. Langsam dämmerte es ihm, daß sein Gesprächspartner den Funkspruch für einen Scherz hielt. Es ertönte ein leises Klick, und danach war nur noch Rauschen zu hören.

Entmutigt und völlig verzweifelt hängte Axel das Mikrophon in die Halterung und lehnte sich zurück. Lieselotte legte ihm die Hand auf die Schulter und meinte: „Wir versuchen es später noch einmal. Vielleicht leitet der Mann den Notruf doch weiter. Wir dürfen jetzt die Hoffnung nicht aufgeben."

Obwohl sie sich das fest vornahmen, schlich sich die Hoffnungslosigkeit wie ein kalter, grauer Nebel ein, der sie umhüllte und immer dichter wird. Trotz der tropischen Wärme wurde den Knickerbockern kalt. Eiskalt. Noch immer trieben sie auf dem Meer dahin und waren schutzlos dem Wind und den Wellen ausgeliefert. An die drohenden Gefahren des Bermuda-Dreiecks wollten sie gar nicht denken.

Axel kletterte in das Krähennest hinauf, wie der Ausguck an der höchsten Mastspitze genannt wird. Er schwang sich in den Korb, in dem bequem für drei Platz war, und hielt in alle Himmelsrichtungen Ausschau. Wasser, rundherum gab es nur Wasser, Wasser und ... Axel traute seinen Augen nicht. „Land!" brüllte er aus Leibeskräften. „Land! Vor uns liegt Land!" Am Horizont war ein hauchdünner, heller Küstenstreifen aufgetaucht. „Lilo, bring das Fernglas aus Christophs Kabine." Das Mädchen stürzte die enge, steile Treppe nach unten und stöberte wild in den Fächern von Christophs Schrank. Lilo fetzte alle Kleidungsstücke heraus, bis sie bemerkte, daß das Fernglas ohnehin auf dem Bett lag.

Wie eine Wiesel raste sie zum Mast und turnte

geschickt über die Seile und die Sprossen der herabhängenden Strickleiter zu ihrem Kumpel. Sie setzte sich neben ihn in das Krähennest und begutachtete das Wunder. „Das ist eine Insel!" meldete sie den beiden anderen, die unten auf dem Deck standen und gespannt nach oben blickten. „Eine Insel mit einem weißen Sandstrand und Palmen. Ich kann sie genau erkennen!" Im Blitztempo schmiedete das Superhirn nun einige Pläne. „Der Wind weht genau in die richtige Richtung. Wir versuchen nun, so viele Segel wie möglich zu setzen, damit wir nahe an die Insel herankommen. Über Nacht müssen wir die Segel wieder einholen, um nicht auf ein Riff aufzulaufen. Wir lassen den Anker hinunter und in der Früh nehmen wir das Motorboot und fahren zum Strand. Es werden uns schon keine Kannibalen empfangen und auf dem Spieß braten!"

Wie ein alter Admiral befehligte das Superhirn nun seine Freunde und auch sich selbst. Jeder Handgriff mußte sitzen, denn dann blieben noch immer genügend Möglichkeiten, Fehler zu machen. Dominik zum Beispiel löste falsche Taue, worauf zwei Segelstangen herunterkrachten, die Poppi um ein Haar auf den Kopf gedonnert wären. Axel warf dafür ein kleines Segel ins Meer.

Auf jeden Fall waren die gelblich-weißen Segel noch nie so schief und flattrig in die Höhe gezogen worden. Der Wind hatte aber Erbarmen und bauschte sie trotzdem. An der Bugwelle konnten die Junior-Detektive erkennen, daß sie mit nicht geringer Geschwindigkeit durch das Wasser pflügten.

Dominik runzelte allerdings immer wieder die Stirn und schien nicht sehr glücklich zu sein. „Was ist denn los?“ erkundigte sich Lieselotte. Der Junge deutete auf die kleinen Schaumkronen, die auf den Wellen tanzten, und meinte: „Die gefallen mir nicht. Ich habe einmal gelesen, daß Schaumkronen Sturm bedeuten. Schau einmal nach Westen, dort türmen sich schwarze Wolken auf. Ich habe Angst, daß ein Unwetter auf uns zukommt!“

Lilo wollte davon nichts wissen. „Du liest zuviel und steckst deine Nase in die falschen Bücher!“ lautete ihre Meinung dazu.

Schneller als erwartet brach die Dunkelheit ein. Die Knickerbocker-Bande war darüber nicht sehr erfreut, da sie der Insel nicht wirklich nähergekommen war. Das Land blieb ein dünner Strich am Horizont. Außerdem hatten sie große Schwierigkeiten, die Segel wieder einzuholen. Ein Teil davon blieb deshalb aufgezogen.

Auch der Anker funktionierte nicht so, wie sie sich das wünschten. Die Ankerwinde klemmte, und so konnten sie das Gewicht nur ein kleines Stück ins Wasser lassen. Grund berührte der Anker keinen, und das wußten selbst die Landratten, war gar nicht gut.

Aufgewühlt legten sie sich bereits gegen halbneun Uhr auf die Betten. Sie wollten versuchen zu schlafen, da sie am nächsten Tag ihre ganze Kraft benötigten. Lilo und Axel waren diesmal die ersten, die in einen tiefen Schlaf mit wilden Träumen versanken. Poppi und Dominik lagen länger wach.

Es war der Klang von leisem Donner, der Poppi eine halbe Stunde später weckte. Gleich als sie die Augen aufschlug, bemerkte sie das heftige Schaukeln des Schiffes. In den vielen Tagen auf See hatten sich die vier Freunde einigermaßen an das ständige Schwanken gewöhnt, doch diesmal war es anders. Bedeutend heftiger. Die Santa Maria II schlingerte in kreisenden Bewegungen vorne auf und ab und gleichzeitig seitlich hin und her.

Das Donnern wurde lauter. Dazu kam ein Pfeifen und Dröhnen, das Poppi Angst einjagte. Sie weckte Lieselotte, und als die beiden aus ihrer Kajüte traten, stolperten sie über Axel und Dominik, die bereits auf dem Gang standen. Sie streckten die Arme nach beiden Seiten und verspreizten sich auf diese Art zwischen den Holzwänden. Nun konnten sie sich Schritt für Schritt vorantasten. Das Schwanken des Schiffes wurde immer heftiger und heftiger, und alle vier Freunde spürten die Seekrankheit in sich aufsteigen. „In der ersten Phase glaubst du zu sterben, in der zweiten wünscht du es dir!“ Dieser Spruch schoß Dominik sofort wieder durch den Kopf.

Axel ging vor und stieß die Luke zum Oberdeck auf. Ein scharfer, kalter Wind blies ihm entgegen. „Haltet euch gut fest!“ rief er den anderen zu und schlitterte in der nächsten Sekunde quer über das nasse, glitschige Deck.

Lilo, Poppi und Dominik kamen gar nicht ganz aus der Luke, sondern blieben auf der vorletzten Stufe stehen und klammerten sich am Lukenrand fest.

„Axel!“ schrie Lilo, „Axel, bist du okay?“ Vom Hauptmast kam die Stimme ihres Kumpels: „Ja, aber ... aber ich fürchte, das wird eine stürmische Nacht!“

„Kluger Junge“, knurrte Lieselotte. Das Meer tobte rund um sie, und der Sturm pfiff immer heftiger und heftiger. Das Unwetter mußte innerhalb weniger Minuten gekommen sein und schien sich nun sekündlich zu steigern.

Gebannt – fast hypnotisiert – verfolgten die Junior-Detektive das gespenstische Spektakel. Plötzlich bäumten sich meterhohe Wellen neben ihnen auf, die im letzten fahlen Dämmerlicht wie bedrohliche Spiegelwände wirkten. Laut klatschend schlugen sie an Deck auf und durchnäßten die vier völlig. Lilo, Poppi, Dominik und Axel brüllten vor Schreck laut auf. Ihr Schrei wurde von der nächsten Welle gleich erstickt, die ihnen Wasser in Mund und Nase beförderte. „Unter Deck, wir müssen wieder hinunter!“ brüllte Lieselotte. „Nein!“ schrie Axel. „Wieso nicht?“ brüllte ihm Lilo durch das Tosen und Donnern des Sturmes zu.

Die Luft war nun erfüllt von Gischt, Wassermassen und Sturmgeheul. Das Holz der Santa Maria II knarrte und ächzte, und ein kleiner Mast brach krachend und splitternd um. Der Sturm hatte ihn geknickt, als wäre er ein Streichholz. Von den Segeln, die nicht völlig eingeholt worden waren, hingen nur noch kümmerliche Fetzen an den Balken.

Axel kroch auf allen vieren zu seinen Freunden in Richtung Luke. Er krallte sich in den Rillen der Bretter fest, um nur ja nicht abzurutschen und in Richtung Reling zu gleiten. Er wußte, daß bereits eine kleine Welle genügte, um ihn über Bord zu spülen. Im Wasser war er verloren.

Als Lilo ihren Kumpel kommen sah, drängte sie Poppi und Dominik nach unten, wo bereits knöcheltief das Wasser stand. Sie kletterte ihnen nach und blickte nach oben. Wo blieb Axel? Ein neuer Wasserschwall schwappte in die Bodenöffnung und traf genau auf Lilos Gesicht. Das Salzwasser brannte in den Augen, und sie ließ für einen Moment die Hände vom Geländer, um sich die Augen zu reiben. Schon wurde sie vom Schwanken des Schiffes nach hinten geworfen und gegen Poppi und Dominik geschleudert. Wie auf einer Rutschbahn rodelten die drei durch den gesamten Gang und krachten gegen die Tür der Kombüse.

„Axel!“ rief Lieselotte. „Um Himmels willen, wo ist Axel?“ Das Mädchen kämpfte sich über die glatten Planken wieder zurück zur Treppe. Sie mußten nun die Luke schließen, damit nicht noch mehr Wasser in das Innere des Schiffes kam.

Draußen steigerte sich das Toben des Sturmes

zu einem Orkan. Dominik und Poppi brüllten aus Verzweiflung und wurden wie Murmeln in einer Dose von Wand zu Wand geschleudert.

„Axel! Axel!" schrie Lilo immer wieder. Wieder rollte ein riesiger Brecher auf das Schiff zu, zerbarst an der Reling und warf ungeheure Wassermassen an Deck. Ein Schwall strömte in die Luke und spülte dabei einen dunklen Körper mit hinunter.

„Axel!" Lilo atmete erleichtert auf. Der Junge war bewußtlos und hatte eine blutende Wunde am Kopf. Doch die konnte man schnell verbinden.

Das Mädchen kämpfte sich über die spiegelglatten Holzstufen nach oben, griff hinaus und zog die Luke zu. Von innen schob sie drei Riegel vor und spürte so etwas Ähnliches wie einen Funken Freude. Draußen tobte das Unwetter weiter, das die Santa Maria II wie eine Nußschale über das Meer blies. Herinnen waren sie nun wenigstens vor dem Allerschlimmsten geschützt.

Axel schlug die Augen auf und versuchte sich aufzurichten. „Nein, nein", murmelte er immer wieder. „Was ist denn?" fragte Lieselotte. „Ein Hurrikan! Ein Hurrikan! Ich habe ihn gesehen. Er sieht wie eine weiße Säule aus, die vom Meer bis zu den Wolken reicht. Der Hurrikan kommt zu uns. Er wird uns zerbrechen. Es ist vorbei. Wir sind tot!"

Lilo spürte einen Stich in ihrer Brust. Sie wußte nicht, ob ihr Herz noch schlug oder nicht, aber das war nicht mehr wichtig. Sie packte Axel unter den Armen und schleifte ihn zum Ende des Ganges, wo sich die Kajüte des Kapitäns befand. Sie war der größte Raum auf dem Schiff, und wenn sie schon untergingen, dann dort, hatte das Mädchen beschlossen. „Dominik, Poppi, kommt!" schrie Lilo. Gehorsam torkelten die beiden jüngeren Knickerbocker zu ihr und ließen sich in die Kabine fallen. Lilo legte Axel auf das Bett und schlug die Kajütentür zu. Sie holte ein Pflaster aus dem Erste Hilfe-Kasten und klebte es dem Jungen über die Wunde auf der Stirn.

„Kommt, kommt her!" sagte sie zu den anderen, die sich sofort neben sie auf das Bett drängten. Die vier Freunde umklammerten einander fest und zogen die Köpfe ein. Noch immer standen nämlich einige nicht befestigte Dinge auf den Regalen, die nun herunterstürzten und gefährlich nahe an ihren Schädeln vorbeisausten. Lilo streckte die Beine aus und stemmte sich gegen die Holzwand des Schrankes, der ein wenig über das Bett ragte. Es gab nun nichts mehr zu tun. Sie waren völlig wehrlos dem Hurrikan ausgeliefert.

Von ihrem Platz aus konnte Lieselotte durch das Bullauge sehen, und zwischen den Wasserschlieren, die am Glas herunterrannen, erkannte sie tatsächlich die weiße Säule, von der Axel gesprochen hatte.

Es war ein unglaubliches Schauspiel, das da draußen stattfand. Der Luftwirbel hatte einen so starken Sog, daß er das Wasser aus dem Meer saugte und in die Höhe schleuderte. Wasserhose nennen die Fachleute dieses Phänomen. Doch wenn der Hurrikan das Schiff erreichte, dann würde er mit ihm dasselbe machen. Und eines stand fest: Die Santa Maria II würde wie ein Papierschiffchen zerrissen und zerfetzt werden.

Immer enger und enger kuschelten sich die vier Freunde aneinander. Sie schrien nicht mehr und sie tobten auch nicht mehr. Sie ließen alles mit sich geschehen und versuchten nur, auf dem Bett zu bleiben, was bereits schwierig genug war.

Sie schwiegen. Es war wie ein stiller Abschied voneinander. Sie hatten gemeinsam viele Abenteuer bestanden, die sie oft knapp an die Grenze zur Katastrophe geführt hatten, doch diesmal überschritten sie diese Grenze.

Ein heftiger Ruck erschütterte das Schiff, und ein ohrenbetäubender Knall krachte. Die Köpfe der vier Freunde wurden gegen das harte Holz des Kabinenschrankes geschleudert, und danach herrschte rund um sie nur noch Schwarz. Tiefes, stilles Schwarz. Ende, aus!

Land in Sicht!

Am nächsten Morgen war der Himmel wieder strahlend blau und wolkenlos. Nichts, aber auch wirklich gar nichts erinnerte an die Schrecken der vergangenen Nacht. Die Sonne strahlte, und einige Möwen drehten laut kreischend ihre Runden. Sogar ein Pelikan flatterte mit plumpen, heftigen Flügelschlägen über das Meer und sah sich nach einem Frühstück um.

Lieselotte befand sich unter Wasser. Rund um sie war überall blaues Meer. Sie konnte sogar schon Wasser einatmen und mußte nicht husten. Schwarz-weiß gestreifte, flache, runde Fische mit schnorchelähnlichen Mäulern umrundeten und beäugten sie mit ihren starren Augen. Plötzlich aber vergrößerte sich eines der Schnorchelmäuler zu einem gigantischen Trichter und saugte das Mädchen ein. Stricknadel-lange Zähne kratzten über ihren Körper, und Lilo wollte schreien. Doch unter Wasser kam kein Laut aus ihrem Mund. Das Mädchen würgte und versuchte sich aus der tödlichen Falle zu winden.

„Hallo ... hallo, Lieselotte“, rief eine Stimme. Wie ein Klappmesser sauste das Oberhaupt der Knickerbocker-Bande in die Höhe und schlug sofort mit etwas Hartem zusammen. „Aua!“ rief Axel. „Nicht schon wieder.“

Das Mädchen traute seinen Augen nicht. Es war am Leben. Noch immer saß Lilo in der Kabine des

Kapitäns auf dem Boden. Das Wasser umspielte ihre Beine, und durch das Bullauge konnte sie das Glitzern der Sonne sehen. Poppi und Dominik hatten das Bewußtsein bereits wiedererlangt und rieben sich die schmerzenden Köpfe.

Aber irgend etwas stimmte nicht. Was war es? Das Superhirn war noch zu benommen, und deshalb dauerte es eine Weile, bis es ihm auffiel. Die Kajüte war aus den Angeln gehoben. Der Fußboden war schräg, der Schrank war schief, und auch die Tür stand schief.

„Ich glaube, wir sind in der Nacht auf eine Sandbank aufgelaufen“, vermutete Axel. „Der Hurrikan muß auf jeden Fall einen Bogen um uns gemacht haben, und das ist die Hauptsache.“

„Rauf an Deck! Man muß das Glück nicht allzusehr herausfordern“, entschied Lieselotte. Sie wollte nur noch frische Luft riechen und sonst nichts. Unter lautem Stöhnen und Jammern versuchten sich die vier zu erheben. Es schmerzte sie jeder einzelne Knochen.

Erschwerend kam dazu, daß der Weg zur Tür plötzlich bergauf führte. Das Schiff hatte starke Schlagseite nach Backbord. Außerdem stand der Bug (= Schiffspitze) in Richtung Himmel.

Die Knickerbocker meisterten auch diese Hürden und kämpften sich durch Wasser, herumschwimmende Teile der Einrichtung, Trümmer und Holzstücke zur Treppe. Zum Glück war sie ganz geblieben. Allerdings war sie durch den Schrägstand des Schiffes noch steiler als zuvor, und es kostete viel Kraft und Zähnezusammenbeißen, um sich Stufe für Stufe nach oben zu kämpfen. Das nächste Hindernis war dann die Lukenklappe, die sich völlig verklemmt hatte. Axel organisierte einen Fleischhammer aus der Kombüse, mit dem es schließlich gelang, die Luke aufzubrechen.

Lieselotte kletterte als erste hinaus und zog die anderen hinter sich nach. Eine angenehme Brise schlug ihnen entgegen, und die Möwen stimmten ihr ewig forderndes, hungriges Geschrei an.

Axel hatte recht. Die Santa Maria II war auf einer Sandbank aufgelaufen, die als helle Fläche unter dem Wasser zu erkennen war. Nun lag sie nach links geneigt da und vermittelte den Eindruck, als wollte sie sich zur Ruhe begeben. Ihr Hinterteil aber war nach unten abgesackt. Nachdenklich blickte Dominik zu den Resten der Masten. Viel war nicht davon übrig. Der Sturm hatte fast alle geknickt und die meisten Stücke gleich mitgenommen. Kleine Stoff-Fetzen erinnerten an die Segel. Überhaupt war der Schaden auf der Santa Maria II gigantisch. Eine Reparatur schien unmöglich.

Ein deutlicher Ruck, bei dem die Knickerbocker beinahe zu Boden stürzten, warnte sie, daß die Santa Maria Stück für Stück nach hinten rutschte. Es dauerte bestimmt nicht mehr lange, bis sie wieder von der Sandbank gleiten und in der Tiefe des Meeres verschwinden würde. Dafür sorgte bestimmt das große Leck, das Axel in der rechten Bordwand entdeckte.

„Jetzt sind wir von der Insel wieder weit fort",

seufzte Poppi. Die Freude über den neuen Tag wurde von der großen Sorge, wie es nun weitergehen sollte, überdeckt. „Die Möwen“, murmelte Dominik, „die Möwen sind ein Zeichen für Land. Es muß sich in unserer Nähe Land befinden.“

„Eine Insel ... eine winzige Insel, zum Greifen nahe!“ verkündete Axel aufgeregt. Bisher hatten die Knickerbocker nur zum Bug des Schiffes geschaut, der zum offenen Meer hinauszeigte. Als sie sich nun zum Heck drehten, sahen sie die Insel. Sie war winzig und bestand eigentlich nur aus einem dunklen Hügel, auf dessen Spitze ein verfallenes Häuschen stand. Der Strand war kahl und leer.

„Dort müssen wir hin“, sagte Axel, „vielleicht ist das nur die Spitze einer großen Insel, die sich hinter dem Hügel erstreckt. Los, alle zusammenhelfen! Das Motorboot war zum Glück so gut vertäut, daß ihm nichts geschehen ist. Wir schleppen es ins Wasser und fahren damit zur Insel!“

Gesagt - getan! Es war wieder absolute Schwerarbeit, das Boot von Deck zu schaffen. Als die vier Freunde endlich alle Verankerungen und Befestigungen gelöst hatten, machte sich das Boot nämlich selbständig und schlitterte über das Deck. Dabei bekam es glücklicherweise so viel Schwung, daß es die Reling durchschlug und ins Wasser klatschte.

Lieselotte kämpfte sich noch einmal zurück in die Kabinen und raffte alles zusammen, was nicht vom Wasser völlig aufgeweicht war. Sie stopfte ein Fernglas, den Fleischhammer, Konservendosen,

Sonnenöl und anderes Zeug in einen Seesack und kletterte damit in das Motorboot. Axel, Dominik und Poppi warteten dort bereits auf sie. „Habt ihr alle eure Pässe?“ fragte Lieselotte. Ihre Kumpels schlugen sich fast gleichzeitig auf die Brust, denn dort hing der wasserdichte Beutel, in dem sie Paß und Geld immer bei sich trugen. „Ja, haben wir!“ meldeten sie gehorsam.

Auf unerklärliche Weise gelang es den Jungen, aufs erste Mal den Motor anzuwerfen. Laut knatternd nahm er seinen Betrieb auf. Lilo legte den Gashebel um, und das Motorboot brauste los. Lange blickten die anderen drei der Santa Maria II nach, die auf der Sandbank bemitleidenswert und jämmerlich wirkte.

„Ist das hier eine Sauerei!“ stellte Poppi fest, als sie nach nur zehn Minuten Fahrt den Strand erreichten. Sie zogen das Boot weit in den Sand, damit es auch bestimmt nicht von allein in die Wellen zurückrutschte. Schließlich konnten sie es vielleicht noch gebrauchen. Das Mädchen hatte recht. Hier herrschte wirklich eine Sauerei. Der dunkle, fast schwarze Sandstrand war übersät mit leeren Coladosen und anderen Resten einer Strandparty.

„Sehr bewohnt sieht die Hütte nicht aus. Aber der Dreck ist wenigstens ein Zeichen dafür, daß von Zeit zu Zeit jemand hier auftaucht“, meinte Axel.

In den harten, porösen Stein waren ein paar Stufen geschlagen, die den Aufstieg zu dem Haus erleichterten. Es wirkte verlassen, konnte aber noch nicht allzu lange allein stehen. Die Reste eines Strohvordaches zeugten davon, daß die Bewohner bis vor einiger Zeit noch hier gewesen waren. Axel stieß mit dem Schuh die Tür auf, die laut quietschend und knarrend aufschwang. Dahinter lag ein einziger, kahler, leerer Raum.

„He, Moment mal“, sagte Dominik plötzlich. „Da ist etwas sonderbar.“ Die anderen blickten ihn überrascht an. Was meinte er? „Die hintere Wand ist solide und weist keine Türe auf. Trotzdem ist der Raum nicht so tief, wie die Außenmauer es vorgibt.“

„Häää?“ war Axels einziger Kommentar dazu. „Das bedeutet, dahinter befindet sich noch ein Zimmer. Der Eingang dazu muß aber an der Rückseite des Hauses liegen“, erklärte Dominik.

Die Knickerbocker-Bande umrundete die Hütte und betrachtete dort halb verwundert, halb ratlos das Wellblech, mit dem die Wand verkleidet war. Tür befand sich da keine. Auch sonst war kein Zeichen für eine Öffnung zu erkennen.

Dominik gab nicht auf und klopfte gegen das Blech. Es klang nicht hohl, sondern äußerst fest. „Laß das, hier ist niemand, und du hast dich verschaut!“ brummte Lieselotte und wollte schon gehen. In dieser Sekunde geschah das Unfaßbare. Das Wellblech teilte sich in der Mitte und glitt zur Seite. Dahinter wurde eine moderne Aufzugskabine sichtbar. Es war nur ein einziger Knopf darin zu erkennen, und neben dem stand ein großes, rotes K!

„Was jetzt?“ Poppi trat einen Schritt zurück und blickte die anderen fragend an. „Was machen wir jetzt?“ Lieselotte schaute nicht auf den Lift, sondern warf einen Blick auf den Hang hinter dem Haus. Er war etwas steiler als der andere und ging in eine schmale, lange Landzunge über. Aus. Das war die Insel. Mehr gab es hier nicht. Wahrscheinlich handelte es sich um einen kleinen, erloschenen Vulkan, der hier aus dem Meer gewachsen war.

„Rund um uns gibt es in Sichtweite keine Insel. Auf dieser hier verhungern und verdursten wir innerhalb einer Woche. Und mit dem Motorboot kommen wir auch nicht weit, da kein Sprit mehr drinnen ist. Es bleibt uns also nichts anderes übrig, als zu sehen, wohin uns der Lift bringt!“

Mit weichen Knien betraten die Knickerbocker die moderne, frisch geputzte und polierte Aufzugskabine. Kaum standen alle vier in ihr, schloß sich die Wellblechwand wieder, und die Fahrt nach unten begann.

„...7...8...9...10...11...12!“ zählte Axel. „12 Sekunden bis zum Stop. Das bedeutet, wir sind ziemlich tief herunten“, flüsterte er seinen Kumpels zu. Die Spannung stieg ins Unerträgliche. Wo waren sie hier?

Ein Klick ertönte, und die Tür vor ihnen schob sich zur Seite. Im ersten Augenblick trauten Axel,

Lilo, Poppi und Dominik ihren Augen nicht. Gab es so etwas überhaupt?

Sie befanden sich in einer Art Wohnung unter dem Wasser. Die Wände bestanden zum großen Teil aus dickem Glas, vor dem Wasserpflanzen wogten und bunte, tropische Fische schwammen. Der lange Gang, der vor ihnen lag, war in ein angenehmes, kühles, blaues Licht getaucht.

„Herzlich willkommen bei Kolumbus!" begrüßte sie eine Stimme über Lautsprecher. Die Knickerbocker-Bande zuckte zusammen und duckte sich. „Ihr braucht euch nicht zu fürchten. Bitte kommt weiter! Ich freue mich, euch zu sehen. Euer Besuch kommt etwas unerwartet, doch ich vermute, der Sturm hat ein wenig Schicksal gespielt und euch zu meinem Versteck gebracht."

Dominik schlug die Hand vor den Mund. „Kolumbus?" flüsterte er. „Kolumbus! So lautet doch der Deckname für den Wahnsinnigen mit den Raketen. Wie kommt er hierher? Und wenn er hier ist, dann sind es diese ‚Killerkarpfen' sicher auch."

„Jetzt kommt schon!" Die Stimme war unwirsch, laut und drängend geworden. Dicht nebeneinander tappten die vier in ihren zerschlissenen, vom Salz verhärteten Kleidern voran. Sie hatten die Köpfe eingezogen und beobachteten fasziniert die großartige Unterwasserwelt.

Besser hätte dieses Meeres-Gebäude nicht versteckt sein können. Kein Mensch vermutete einen Zugang auf der verschmutzten Insel.

Alle paar Meter führte eine Tür vom Gang in einen Nebenraum. Was sich dort befand, konnten die Knickerbocker allerdings nicht sehen, da alle Räume verschlossen waren.

„Psst!“ Dominik hielt seine Kumpels zurück. „Da ... schaut durch dieses Fenster.“ Die anderen beugten sich zu der Panzerglasscheibe und erkannten nun einen Raum, der dicht neben dem Gang lag und auch direkt von hier betreten werden konnte. Das war nicht weiter erstaunlich. Was Dominik so erschreckt hatte, waren die Gesichter, die dort am Fenster standen. „Das sind ... Professor Manago ... und die anderen vom Schiff! Bestimmt ist auch Christoph dabei“, keuchte Poppi. Sie waren also hierhergebracht worden. Nun hatten auch sie die Knickerbocker-Bande entdeckt und trommelten gegen das Glas. Sie machten mit den Händen bittende, ja flehende Bewegungen, aber die vier Junior-Detektive konnten nur hilflos mit den Schultern zucken. Die Tür hatte nicht einmal einen Türknauf. Wie sollten die vier sie öffnen?

Mit einem Schlag wurde Lieselotte einiges klar. „Ich weiß, wer Kolumbus ist“, sagte sie leise. Poppi, Axel und Dominik blieben stehen und starrten sie mit großen Augen an. „Es kann nur Dr. Kraner oder ... der Kapitän der Santa Maria II sein.“

„Wie kommst du darauf?“ wollte Axel erfahren. „Dr. Kraner lügt, das wissen wir bereits. Er hat Dominiks Geschichte von den versteckten Raketen sofort als Lügenmärchen abgetan, als wollte er das Gespräch auf etwas anderes bringen. Er hat davon gewußt und deshalb das Ganze ins Lächerliche gezogen.“ Das leuchtete den Junior-Detektiven noch ein. „Aber der Kapitän? Wieso er?“ fragte Axel fast lautlos. Noch immer stand die Bande mitten auf dem Gang und rührte sich nicht vom Fleck. „Weil er immer behauptet hat, das Funkgerät funktioniere nicht, dabei waren nur ein paar Kabel rausgerissen. Wenn er das nicht selbst bemerkt, ist er ziemlich bescheuert und sollte besser Schuhputzer werden. Außerdem hat er uns unbedingt ins Wasser auf Schatzsuche geschickt. In dieser Zeit konnte er die anderen Passagiere fortbringen lassen. Es sollte so aussehen, als wären sie im Bermuda-Dreieck verschwunden. Samt ihm! Ich könnte mir vorstellen, daß das ein Ablenkungsmanöver für die Polizei sein sollte. Wir haben auf jeden Fall beste Arbeit geleistet und einen Notruf losgelassen, daß die Santa Maria II im Bermuda-Dreieck in Schwierigkeiten ist. Für die Seefahrtsbehörde wäre das bald ein Fall von ‚spurlos verschwunden, unerklärliches Phänomen‘, und Kolumbus war für sie gestorben!“

„Es ist geradezu beängstigend, wie klug und raffiniert ihr seid!“ meldete sich Kolumbus lobend. „Es war schon viel Wahres dabei. Ich glaube, ihr werdet für mich arbeiten.“

„Niemals!“ schrie Poppi. „Wir arbeiten nicht mit einem Killer!“

„Du wirst deine Meinung ändern, wenn du meinen Plan erfährst!“ versprach Kolumbus. „Aber dazu muß ich euch in meine Zentrale bitten.“

Die Knickerbocker waren abermals vor einer Tür angelangt. Nun würden sie gleich die Wahrheit wissen und Kolumbus gegenüberstehen.

Mit leisem Summen fuhr die glänzende Tür zur Seite und gab die Sicht auf eine Kommandobrücke frei, die an Raumschiff Enterprise erinnerte. Mindestens fünfzig Fernseher bildeten eine riesige Monitorwand. Auf fast allen Bildschirmen waren Bäume, Wiesen und Felsen zu sehen. Nur ein einziger zeigte kein Bild.

Davor, in einem Halbrund, lagen hunderte Schalter, Hebel und Knöpfe eingebettet. „Erinnert mich ein wenig an die Zentrale des Phantoms der Schule.*) Nur war dort alles viel primitiver!" flüsterte Axel Lieselotte zu. Drei hohe Drehstühle aus rotem Leder standen dahinter. Die Rückenlehnen waren zu den Knickerbockern gedreht und verdeckten die Sicht auf die Leute, die darin saßen. Nachdem sich die Tür hinter den vier Freunden wieder geschlossen hatte, schwenkten zwei der Stühle herum.

*) Siehe: „DAS PHANTOM DER SCHULE"

Die schreckliche Wahrheit

„Habe ich es mir doch gedacht!" rief Lilo. In den Stühlen befanden sich Dr. Kraner und Manuel Rodriguez, der Kapitän der Santa Maria II.

Die beiden winkten ab. „Wir sind nicht Kolumbus!" sagten sie. Offenbar hatten auch sie das Gespräch der Bande mitangehört.

„Nein, das bin ich!" meldete sich die Lautsprecherstimme wieder.

„Was ... was läuft hier?" fragte Axel frech. Sein Motto war nun: Frechheit siegt. In der Tinte saßen sie ohnehin schon bis zum Hals.

„Erklären Sie es, Doktor", ersuchte die Stimme. Dr. Kraner holte tief Luft und sprach leise und hastig: „Ihr kennt alle Roboter ..." Die Junior-Detektive nickten. „Schon lange haben Forscher versucht, Mikro-Roboter zu entwickeln. Diese Roboter sind nur Bruchteile von Millimetern groß und für das menschliche Auge kaum sichtbar, aber dennoch voll funktionsfähig. Ihr Einsatzbereich ist später einmal unbegrenzt. Zum Beispiel können diese Roboter durch Injektionen in den menschlichen Körper befördert werden, wo sie Operationen von innen erledigen. Natürlich besteht auch die Einsatzmöglichkeit bei der Bekämpfung von Viren und Krebszellen."

Axel verstand: „Das sind die ‚Killerkarpfen', nicht?" Dr. Kraner nickte. „Kolumbus hat aber noch einen Einsatzbereich für sie gefunden: Diese

Miniatur-Maschinen sind in der Lage, das gefürchtete Ozonloch zu – man könnte fast sagen – flicken. Trotz ihrer Kleinheit führen sie komplizierte chemische Vorgänge durch und reparieren die wichtige Ozonschicht. Allerdings können sie das Ozonloch auch vergrößern", fügte er leise hinzu.

Nun meldete sich wieder Kolumbus höchst persönlich: „Ich werde noch heute meine Raketen, die auf der ganzen Erde aufgestellt sind, abschießen, damit sie meine Erfindung in die Atmosphäre transportieren und verteilen. In wenigen Stunden werden sie ihre Arbeit aufnehmen. Die Welt wird gezwungen sein, mir alle Goldreserven zu überlassen, damit ich die Roboter durch andere zerstören und die Ozonlöcher wieder verschließen lasse."
Lilo schüttelte den Kopf und höhnte: „Bis dahin haben Sie die Spionagedienste längst entdeckt und überwältigt!"

„Wetten nicht!" spottete Kolumbus. „Ich brauche keine Leibwächter. Mein Wissen und die Killerkarpfen sind mein persönlicher Schutz. Nur ich kenne alle Geheimnisse rund um diese Mikro-Roboter. Und nur ich besitze die Killerkarpfen, die alles wieder rückgängig machen und die bisher entstandenen Schäden reparieren. Geschieht das übrigens nicht, schmilzt das Eis auf dem Nordpol, und die Meere werden steigen. New York könnte schon in einigen Jahren im Wasser versinken. Andere Länder werden regelrecht verbrennen! Tiere und Menschen werden erblinden oder an Hautkrebs sterben. Mir ist das völlig gleichgültig.

Bis zu diesem Zeitpunkt werde ich wahrscheinlich für das Leben unter Wasser bestens vorbereitet sein. Daran arbeite ich nämlich gerade."

„Das ist ... das ist gemein!" schrie Poppi. „Dr. Kraner, wieso machen Sie da mit?" Der Wissenschaftler blickte betreten zu Boden. „Das frage ich mich langsam auch", sagte er leise. „Es war das Geld, das mich gelockt hat. Übrigens hängen noch mindestens hundert andere Leute mit drinnen. Ich bin nur hierhergekommen, weil ich diese vertrottelten Westentaschen-Ganoven gebracht habe, die unser Versteck auf den Azoren entdeckt haben. Kolumbus wollte sich persönlich um sie kümmern."

„Das werde ich auch zu gegebener Zeit machen", versprach der Boß. „Ich benötige ohnehin Testpersonen für meine Mini-Roboter, die im menschlichen Körper eingesetzt werden. Allerdings werden die Roboter für mich mehr das Gehirn bearbeiten und dort alles auslöschen, was ich nicht haben will ... bei anderen", fügte er unter teuflischem Gelächter hinzu.

Fragen kostete nichts, außerdem mußten die Knickerbocker Zeit gewinnen, um nach einem Fluchtweg Ausschau zu halten. Deshalb wollte Axel noch etwas wissen. „Wie haben Sie es geschafft, die Passagiere von der Santa Maria II verschwinden zu lassen?"

Manuel Rodriguez lachte. „Mit Helikopter. Ist gelandet, während ihr unter Wasser wart. Schatztruhe war natürlich auch für euch vorbereitet. Besser gesagt, für irgendjemanden, Boß ist durch

Zufall auf euch gekommen. Ihr seid ihm über den Weg gelaufen, sozusagen."

„Schluß mit dem Gequatsche", schaltete sich Kolumbus ein. „Wer sind Sie! Wieso zeigen Sie sich nicht?" fragte Lieselotte mutig. „Weil ich den Zeitpunkt nicht für richtig erachte", lautete die Antwort. „Denn nun kommt der schönste Moment. Der Tag, auf den ich so lange gewartet habe. Wir starten die Raketen, und diese Aufgabe werdet ihr übernehmen. Los Manuel, zeig ihnen die Knöpfe!"

Die Knickerbocker-Bande trat geschlossen zwei Schritte zurück und legte die Hände auf den Rükken. „Nein, das werden wir niemals machen!" versprachen sie.

„Das wollen wir sehen! Rodriguez!" kommandierte Kolumbus. Der Kapitän sprang auf, zog eine Pistole mit Schalldämpfer aus dem Hosenbund und richtete sie auf die vier Freunde. „Werdet ihr meinen Befehlen jetzt noch immer nicht Folge leisten?" fragte Kolumbus drohend. Nun hatten die Junior-Detektive keine andere Wahl. Durch ihre Hand sollte die größte Zerstörungsaktion der Welt beginnen.

„Poppi ist die erste!" erklärte Kolumbus kühl. „Woher kennt er unsere Namen? War er auch an Bord der Santa Maria II?" schoß es Lieselotte durch den Kopf. Sollte es doch diese Schriftstellerin sein, die vielleicht nur eine Doppelgängerin war?

Zögernd näherte sich Poppi dem Schaltpult. „Dieser da!" erklärte Rodriguez grinsend und zeigte auf einen runden, gelben Knopf. Das Mädchen streckte die Hand aus, die heftig zitterte. Es senkte die Finger in Richtung Knopf und fühlte, wie die Blicke seiner Freunde jede Bewegung verfolgten. Poppi ließ die Hand sinken und rutschte mit den Fingerspitzen über die Schalter.

Nichts geschah!

„Los jetzt, ich will nicht mehr warten!“ befahl Kolumbus. Manuel Rodriguez stieß dem Mädchen brutal den Pistolenlauf in die Rippen. „He, dort, sieh nur!“ rief Dr. Kraner und deutete auf die Wand hinter dem Kapitän. Dieser drehte sich um und bewegte dabei die Pistole von Poppi weg.

Sofort sauste wie ein Blitz von unten ein Schuh in die Höhe und schleuderte die Pistole des Mannes in die Luft. Bevor Rodriguez danach greifen konnte, hatte Dr. Kraner ihm schon einen harten Schlag in den Nacken versetzt, der den Kapitän bewußtlos zusammensinken ließ.

„Raus da! Kommt!“ zischte Dr. Kraner und drängte die völlig verdutzten Knickerbocker zur Tür. Surrend schwenkte die Schiebetür zur Seite, und die Bande und der Doktor prallten zurück. Ein Mann trat auf sie zu und nickte grinsend.

„Ich sehe, ich muß das selbst in die Hand nehmen. Da ihr meine Insel nie wieder lebend verlassen werdet, könnt ihr mich auch ohne weiteres sehen“, sagte er. Wie Fische klappten die Knickerbocker ihre Münder auf und zu. Sie kannten diesen Mann. Sie kannten ihn gut. Sie hatten geglaubt, ihn sehr gut zu kennen. Sie hatten ihm vertraut. Nun schafften sie es nicht einmal mehr, seinen Namen auszusprechen.

THKK

Vor Axel, Lilo, Poppi und Dominik stand Christoph. Er trug nun einen schicken Anzug, hatte die Hände auf dem Rücken verschränkt und schien sich an der Verwunderung der Junior-Detektive zu weiden.

„Ich habe gewußt, daß solche kleinen Wichtigtuer wie ihr am besten für mich arbeiten!" sagte er. „Nachdem mir Dr. Kraner gemeldet hat, daß zwei kleine Gauner unser Versteck entdeckt hatten und ihr davon wußtet, kam in mir ein Gefühl auf, ich könnte euch gebrauchen. Ich mußte euch nur gefügig machen, damit ihr mir aus der Hand freßt und vertraut. Deshalb gab ich auch Anweisung, euch auf den Walfänger bringen zu lassen. Der Kapitän hätte euch niemals ins Meer geworfen. Das ganze Spektakel diente nur, euch ein wenig zu zermürben." Grimmig flüsterte Poppi: „Das ist dir auch gelungen!" Christoph grinste zufrieden: „Jaja, der Erfolg meines Unternehmens beruht nur darauf, daß ich alles selbst mache. An Stümpern wie Dr. Kraner sehe ich, wie unverläßlich alle Helfer sind. Keine Sorge, ich werde euch nicht töten. Aber ich werde Marionetten aus euch machen, die nur für mich tanzen. Es sind bereits Killerkarpfen vorbereitet, die ich euch in die Blutbahn schießen werde. Die Mikro-Roboter werden eure Gehirne von allem reinigen, was sich jetzt darin befindet, und meine Ideen hineinverpflanzen. Leider konnte ich diese Art der Killerkarpfen noch nicht testen, und deshalb kommt ihr zu dem Vergnügen, die ersten Versuchstierchen zu sein.“

Noch immer schafften es die Junior-Detektive nicht, ein Wort hervorzubringen.

„Doch nun zur Tat!“ rief Kolumbus. Lieselotte fiel jetzt erst das böse Wortspiel auf. Christoph! Dieser Vorname paßte bestens zum Decknamen Kolumbus.

Der Mann schob die Knickerbocker-Bande sanft, aber bestimmt zum Kommandopult und wiederholte seine Aufforderung von vorhin: „Ihr werdet nun die Raketen abfeuern. Auf den Bildschirmen könnt ihr jeden Start verfolgen. Los! Poppi, du machst den Anfang!“

Als das Mächen zögerte, packte er es hart am Arm und zerrte es vor die Schalter. „Los, mach schon, oder muß ich deutlicher werden?“

Das waren die letzten Worte von Kolumbus. Lieselotte weiß bis heute nicht, woher sie in diesem Augenblick den Mut genommen hatte. Auf jeden Fall schwang sie drohend den Seesack in die Höhe. Christoph lachte höhnisch, als er das sah, und funkelte sie spöttisch an. „Mädchen, was willst du mit dem Säckchen?“ fragte er mit widerlichem Unterton. In Lilo kochte alles vor Wut, Zorn und Ohnmacht. In einem plötzlichen Anfall ließ sie den Seesack auf Christophs Kopf niedersausen. Mit dem, was jetzt geschah, hatte sie in den kühnsten Wunschträumen nicht gerechnet. Christoph verdrehte die Augen, torkelte und sackte wie eine Marionette zusammen, der jemand die Fäden abgeschnitten hatte. Fassungslos blickten die vier Junior-Detektive auf die leblose Gestalt, die zusammengekrümmt auf dem Boden lag. „Ist er ... tot?“ fragte Poppi. Dr. Kraner bückte sich und fühlte Christophs Puls. „Nein, nur bewußtlos“, meldete er. „Aber ... wieso ...?“

Lilo tastete von außen den Inhalt des Seesacks ab, und ein triumphierendes Grinsen huschte über ihr Gesicht. „Unsere Rettung und die Verhinderung des Abschusses der tödlichen Raketen verdanken wir einem Fleischhammer, den ich zum Glück eingesteckt habe!“

Als erster begann Axel zu lachen. Dann setzte auch Dominik ein, und schließlich wieherten alle vier vor Erleichterung und Vergnügen. Das Abenteuer hatte ein schnelles und vor allem gutes Ende gefunden.

Der Rest ist schnell erzählt: Innerhalb der Unterwasser-Zentrale befanden sich nur zwei Wächter, die aber schnell überwältigt werden konnten. Über die Funkanlage, die sich in dem Unterwasserbau befand, gelang es Dr. Kraner, die Polizei zu rufen. Sie brachte die Passagiere der Santa Maria II und die Knickerbocker-Bande in die Vereinigten Staaten von Amerika, nach Miami. Christoph, Rodriguez, Dr. Kraner, die beiden Helfer und die Ganoven, die Kolumbus erpressen wollten, landeten hinter Gittern.

Dr. Kraner, der zur Festnahme von Kolumbus beigetragen hatte, durfte bei seinem Prozeß mit mildernden Umständen rechnen.

Die letzten beiden Fragen in diesem Fall bekamen die Junior-Detektive im Helikopter beantwortet, der sie nach Florida flog. „Bitte, Frau Sirena, wieso … wieso haben Sie eine Kette Knoblauch im Gepäck gehabt?“ erkundigte sich Axel. Die Buchautorin lachte und erzählte: „Weil ich vor der Abreise ein Buch über die Fahrt von Kolumbus gelesen habe, und darin stand, daß er viel Knoblauch mitgenommen hat. Was gut ist für Kolumbus, ist auch gut für mich, habe ich gedacht. Außerdem hat mir jemand eingeredet, daß Knoblauch das beste Mittel gegen Seekrankheit wäre.“

Dominik zögerte einen Moment, bevor er seine Frage vorbrachte. „Bitte, wieso sehen Sie so anders aus als auf dem Foto in Ihrem Buch? Mir ist klar, daß man eine Dame danach nicht fragt, doch wir haben Sie bereits für eine Agentin gehalten, die sich nur Ihres Gesichtes bedient hat.“ Die Schriftstellerin blickte den Jungen an, als hätte er sie nach einer versteckten Bombe gefragt. Schließlich rückte sie aber mit der Antwort heraus: „Ich habe mein Gesicht von einem Schönheitschirurgen bearbeiten lassen. Allerdings verdächtige ich ihn, daß er bei Dr. Frankenstein gelernt hat!“

Zum zweiten Mal an diesem Tag bog sich die Bande vor Lachen. Es war ein befreiendes Lachen, das sie sich nach diesen Abenteuern wirklich verdient hatten.

P.S.: Wer glaubt, daß die Knickerbocker-Bande damit ihren letzten Fall gelöst hat, der irrt gewaltig.

Orientierungsplan

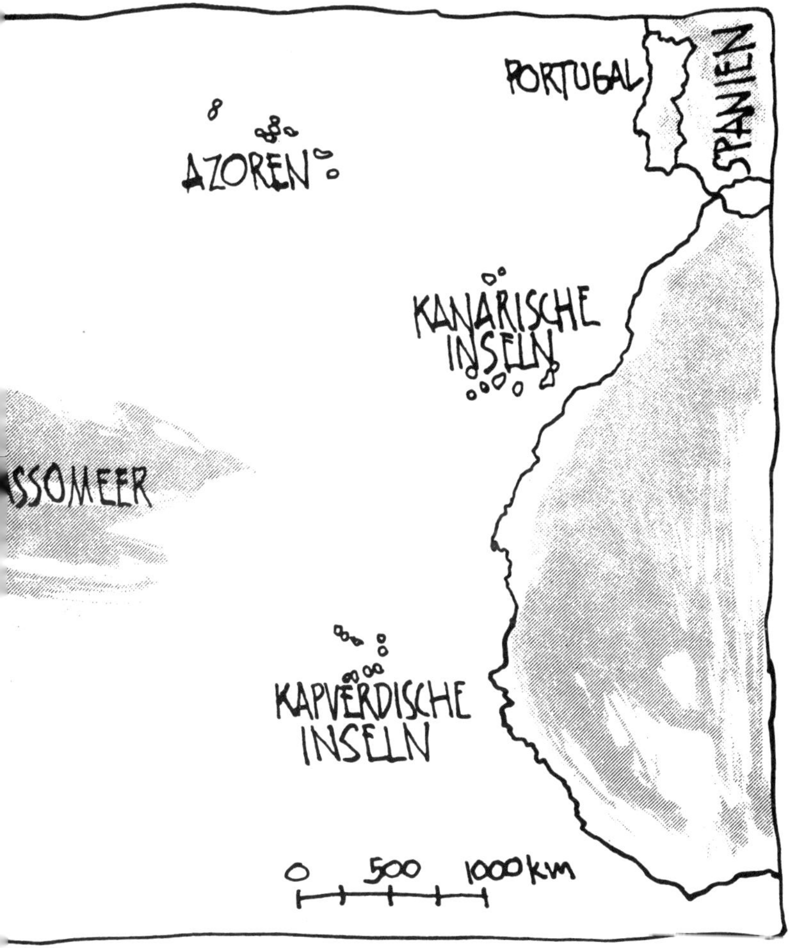
PORTUGAL
SPANIEN
AZOREN
KANARISCHE INSELN
SSOMEER
KAPVERDISCHE INSELN
0 500 1000 km

KNICKERBOCKER-SONG

C: Klaus Back/Tini Beier
T: Thomas Brezina

2. Habt ihr ein Problem, dann nehmt ganz bequem das Telefon zu Hande.
Wenn es bei euch spukt, und der Eisschrank ruckt, ruft die Knickerbocker-Bande.

Satz&Layout: Gerhard Krammer